CHARLES BOLDUC

Né en 1980, Charles Bolduc a fait des études en littératures française et québécoise, à Québec et à Lyon. Il travaille depuis plusieurs années dans les domaines de l'écriture et de la communication, à titre de rédacteur, de réviseur et de journaliste culturel – *Québec français, Voir, Le libraire, Canoë.ca, Le Devoir, Ici Montréal* – ; il est aujourd'hui conseiller en communication stratégique. *Les perruches sont cuites* a été finaliste au Grand Prix de la relève littéraire Archambault.

LES PERRUCHES SONT CUITES

Ces trente-six nouvelles, surtout par le ton leste de la voix qui les porte, font se déployer un singulier univers entre deux âges, et avec lui moult règles du jeu à ne pas suivre. Bohème étudiante, rencontres d'un soir ou d'un jour, liberté et libertinage, bière et sexe, instants de conscience illuminée ou de plaisirs jouissifs, et voilà que le réel ne tient plus sur les rails du quotidien, que la vie retient son souffle. C'est que le narrateur de ces brèves histoires dérive entre déraisons et passades, entre insigne folie et fol espoir, là où se cachent les pétards d'un temps qui s'éclate encore. Car apprivoiser les petites bêtes de l'existence – la solitude, l'ineffable, l'irrévérence, la complétude, la lucidité, la gravité du réel – comporte son lot d'éblouissements : pourquoi ne pas rire un bon coup en se glissant, malgré soi, dans les coulisses de la comédie humaine ?

LES PERRUCHES SONT CUITES

Charles Bolduc

Les perruches sont cuites

nouvelles

BIBLIOTHÈQUE QUÉBÉCOISE

BQ BIBLIOTHÈQUE QUÉBÉCOISE est une société d'édition administrée conjointement par les Éditions Hurtubise inc. et Leméac Éditeur. BQ reconnaît l'aide financière du gouvernement du Canada par l'entremise du Fonds du livre du Canada pour ses activités d'édition et remercie le Conseil des Arts du Canada, la Société de développement des entreprises culturelles du Québec (SODEC) et le Programme de crédit d'impôt pour l'édition de livres du Québec (Gestion SODEC) du soutien accordé à son programme de publication.

Conception graphique : Gianni Caccia
Typographie et montage : Luc Jacques typographe

ISBN 978-2-89406-328-6

Dépôt légal : 2e trimestre 2012
Bibliothèque et Archives nationales du Québec

IMPRIMÉ AU CANADA

Dans le fond de la 7
vers place d'Youville

Des filles qui ont débarqué dans ma vie avec leur brosse à dents, leurs petites culottes et leur parfum du Body Shop. Des filles avec qui j'ai appris à dire Je t'aime jusqu'à m'en persuader moi-même. Des filles qui relèvent les fesses quand je leur mignote le clitoris, des filles bien élevées, qui me trouvent pervers et dépravé. Des filles à qui je n'avoue jamais que c'est comme d'habitude, et qui m'en sont reconnaissantes, des filles que je devrais traiter de putes, juste pour voir. Des filles qui trouvent le temps long quand je ne suis pas là pour les insulter. Qui ne parlent jamais de moi à leurs parents, qui me jouent dans les cheveux, qui pilent tout le temps sur la queue de mon chat.

Des filles à qui je couperais volontiers une oreille. Qui veulent à tout prix laver ma vaisselle sale. Des filles trempées de sueur salée, perdues dans mes draps. Des filles avec des jolis prénoms composés que leurs amies appellent toutes Marie. Des filles bleues sous l'eau gelée du Saint-Laurent. Des filles par terre dans des flaques de vomi, ivres et sans dignité, des filles prises en photo sur le siège des toilettes. Des filles à qui je dis que j'aime les hommes pour m'en débarrasser.

Des filles à moitié brûlées au *lighter* dans mes souvenirs mal aérés. Des filles trop maigres qui tournent les yeux au moment de jouir, d'autres à qui on croirait que je plante un poignard entre les omoplates. Des filles qui ne comprennent rien à ce que je suis, d'autres qui certainement comprennent trop. Des filles que j'emprisonne dans ma cervelle détraquée, que je mâche avec des mots de toutes les couleurs. Des filles beaucoup trop belles pour moi, qui me tolèrent peut-être entre leurs cuisses par pitié. Des filles menottées au tuyau du lavabo, mordues jusqu'au sang, qui me crient d'aller voir un psy en se défendant comme elles peuvent, qui secouent la tête en me disant Charles, je t'emmerde. Des filles auxquelles je lèche les larmes qui leur barbouillent les joues.

Parce que je fonce dans la vie, moi, que je ne sais pas avancer autrement et que c'est une manière de fuir, il paraît.

Des filles mortes dans le fond de la 7 vers place D'Youville. Des filles au corps d'argile, pour les artistes, des filles à pétrir, à modeler, à sculpter, des filles seules, qui viennent me voir pour tromper l'ennui. Des filles modernes, des filles très début de siècle, qui s'abandonnent au premier homme leur accordant quelque attention, qui cherchent l'amour en ouvrant grand, en se laissant baiser dans les chiottes d'un bar, sur un lit qu'elles voient pour la première fois, comme ça, sans se poser de questions. Qui croient qu'il leur tombera dessus, l'amour. Des filles dont le cœur est ailleurs, comme resté collé sur un trip d'acide, qui enlèvent leurs vêtements en silence, dans le noir, vaguement distraites par les courses prévues pour le lendemain. Des filles qui repartent à l'aube, sans doute un peu déçues, et referment doucement la porte derrière elles, comme sur un rêve en moins. Qui repartent sans rien oublier, rien où je puisse fourrer mon nez en me réveillant, rempli de la tristesse sans nom des histoires éphémères.

LA MÉMOIRE DES AUTRES

Il y avait un cadavre ce matin sur le tapis de la porte d'entrée. Un cadavre tout frais, tout chaud, on ne savait pas d'où il venait ni pourquoi il était venu. On ne l'a pas laissé là, bien sûr, on l'a rentré. Tu lui as pris les pieds, moi je l'ai soulevé par les épaules : il était lourd, sa tête penchée sur le côté s'est coincée dans le cadre de la porte, et en forçant pour que ça passe on a entendu le cou craquer. On l'a installé sur le lit, pour le confort des invités, puis on l'a déshabillé. On l'a regardé un moment, de haut en bas, fascinés par ce corps nu et sans vie, étendu comme par contraste là où tous les soirs on s'amusait à faire l'amour. C'est plutôt rare qu'on voit ça, un mort, et lorsque ça arrive on ne sait plus trop ce qu'on attendait d'une telle rencontre. On perd notre naturel et on cherche une manière convenable d'agir, un comportement de circonstance, on devient intimidés par cette présence immobile et obscure, par cette absence *aspirante*.

On a approché deux chaises, on s'y est assis et on lui a parlé. On a senti que c'était ce qu'il fallait faire, ça s'imposait. Ça venait d'avant la raison et ça vous envahissait d'un coup, c'était comme le rire, comme le vertige ou l'orgasme : quelque chose d'incontrôlable. On lui a parlé longtemps, on lui a dit n'importe quoi, tout croche et sans s'arrêter, pour oublier qu'il ne répondrait jamais. Pour noyer dans les mots les chats morts qui remontaient, tous ceux d'une enfance encore ouverte, mal cicatrisée. On s'est cloîtrés dans l'appartement de la rue Sainte-Anne et on a décidé qu'on passerait la nuit comme ça : lui sur le matelas, toi sur le vieux divan beige mangé par les mites et moi par terre. On dormirait mal, assurément, on aurait un peu froid. Le lendemain, quand on se réveillerait, ça commencerait à sentir, mais on ne voudrait pas se débarrasser du corps. On le serrerait dans nos bras, de toutes nos forces, on le garderait avec nous, juste là, sur le lit, dans la chaleur du calorifère. Il n'y aurait pas d'hiver cette année.

Il y aurait la neige, le vent qui viole le silence et le sel cramponné aux rues glacées de l'Histoire. Il y aurait la patinoire du centre-ville, le ciel trop blanc, le désespoir et les limites de l'appartement. Il y aurait des livres au bout de leur sang et des carcasses de rêves mutilés, de la lumière dans l'odeur du café et des couvertures sous lesquelles on prépare nos métamorphoses. Il y aurait les traces séchées de nos agonies sur le comptoir de la cuisine, une vieille bouteille de vodka, des angoisses qui tournent en rond et des bestioles d'aquarium qui réinventent le désir. Il y aurait tes yeux au fond des miens, tes yeux que je mastiquerais longuement, sans me presser, pour bien en faire sortir le jus et en apprécier la douceur caoutchouteuse. Il y aurait tes mains aveugles qui chercheraient mes lèvres, pour me faire taire. Il n'y aurait pas d'hiver cette année : rien qu'un cadavre sans nom sur le tapis de l'entrée, sans identité, avec tout juste un visage pour la mémoire des autres.

Il n'y aurait pas la télé

Tu t'appellerais Linda et ça ne serait pas ridicule, ça voudrait dire belle mais tu ne le serais pas tellement. Tu serais gentille, ça oui. Tu n'irais jamais t'enfermer dans les toilettes avec un gros zucchini jaune, comme mon ex. Plus modeste, tu préférerais ma réalité. On habiterait quelque part au Mexique.

Il n'y aurait pas la télé, alors on s'amuserait à faire des enfants. On en aurait plusieurs, une demi-douzaine au moins, et on les élèverait dans un vieil appartement au fond d'une ruelle mal pavée, parce qu'on serait pauvres. On aurait une grande cuisine où tu grossirais en jouant à la maman. Une table autour de laquelle on rangerait tant bien que mal nos marmots agités. Où on poserait trois hautes chandelles lors des pannes d'électricité, pour écouter la radio à piles tous ensemble, nos visages éclairés comme ceux des scouts devant un feu de camp.

Des mauvaises herbes auraient envahi les dalles fendues de la petite cour arrière. Un vieux tricycle rouge attendrait la fin du monde. Il y aurait des grincements de cordes à linge et des flos qui se cachent jusqu'au crépuscule. Les jours seraient longs, nos enfants pousseraient vite et on n'oublierait jamais nos clés à l'intérieur de la voiture parce qu'on n'en aurait pas. Le dimanche après-midi, on irait pique-niquer au cimetière, entre les tombes de Juan Carlos Canizares (1909-1981) et de Roberto Novoa (1943-1984). On leur aurait inventé des biographies, des vies calmes avec des fins tragiques, on se serait bêtement attachés à eux. On ne rentrerait jamais avant que l'un des petits se casse la gueule sur une pierre tombale et qu'on doive le soigner avec du désinfectant ou quelque chose qu'on n'aurait pas sous la main.

Une fois par mois, on inviterait la fille qui vend les billets au cinéma à venir s'étendre entre nous et on lui ferait des trucs avec la langue pour remettre de la lumière dans ses yeux gris. Sa tristesse disparaîtrait, elle serait belle et elle nous appartiendrait. Personne ne le saurait. On ne la connaîtrait pas beaucoup. On n'y gagnerait à peu près rien ; on verrait les films sans payer.

On serait au Mexique, entre deux cactus dans la région de Oaxaca, mais on aurait pu être ailleurs. On serait là parce qu'il faut bien être quelque part, parce que l'errance possède elle aussi ses points d'ancrage. On serait là pour tisser des liens et se laisser prendre dans la toile d'un pays, pour voir l'ici dans les gens d'ailleurs, et pour le vivre là.

LES MURS DE CARTON

J'HABITE UN IMMEUBLE où les murs sont en carton, où les voisins fument trop, se raclent la gorge et crachent du sang toute la nuit. Les calèches sous ma fenêtre vont bringuebalant jusqu'à des heures impossibles et la fermeture des bars déverse dans ma rue son flot d'ivrognes tapageurs. J'ai le sommeil léger, à vrai dire je suis insomniaque. J'habite un espace où le bruit est un silence qu'il faut apprendre à lire, où le cœur de la nuit fait naître les angoisses les plus sombres. J'habite ton corps comme un exil au bout des mots. Je m'efforce d'oublier le sens des choses, redoutant de ne plus pouvoir m'y abandonner.

Parfois tu entrouvres un carreau et tu laisses l'air frais plonger ses crocs dans notre chair. Tu t'assois sur le rebord de la fenêtre, tes courbes à demi offertes aux passants, puis tu t'allumes une cigarette. Il y a certainement du bruit à l'extérieur, des voisins qui s'engueulent ou qui écoutent la télé trop fort, mais soudain c'est comme si plus rien n'existait, comme si le temps se concentrait dans le crépitement du tabac incandescent – point de fuite rougeoyant dans l'obscurité –, et lentement, très lentement, tes yeux s'emplissent de larmes. Je me tais, je te regarde pleurer sans un son en me demandant comment tu fais. En me demandant pourquoi les filles tristes sont si belles. Pourquoi les filles nues sont si tristes. Quelle logique il y a derrière tout ça et quelle conclusion je devrais en tirer. Je me tais, je te regarde me tourner le dos. La lueur de la braise fait un bond jusqu'à tes lèvres, grésille un instant et redescend contre ta cuisse. Un nuage de fumée s'échappe peu après de tes poumons. Je ferme les yeux. Ta voix, encore chaude de sanglots : Et si on refaisait l'amour ?

Je n'exigerai pas de toi que tu m'aimes, mais que tu comprennes pourquoi tu ne m'aimeras jamais. J'habite un immeuble où les murs sont en carton, où les voisins s'étouffent entre nos cris et où nos soupirs se pourchassent en écho le long de la rue Sainte-Anne. J'habite le gouffre qui s'est ouvert entre nous, loin des décors de théâtre et des chevaux qui tirent le poids d'une autre réalité. Des fois, j'ai peur de ne plus savoir te perdre.

Les mêmes traits

J'étais sans emploi, mais il me fallait quand même démontrer un minimum de bonne volonté et entreprendre quelques démarches pour continuer de toucher légalement mes primes d'assurance-chômage. Aussi, mon agenda se ponctuait régulièrement d'entrevues que je m'empressais de bâcler et je retournais chez moi m'allonger sur le divan, avec le sentiment du devoir accompli. De temps à autre, je décrochais malgré moi de petits boulots : emballeur, préposé à l'entretien, assistant boucher, déménageur, manœuvre, veilleur de nuit, etc. Ça m'emmerdait un peu, oui, mais ça avait l'avantage de me sortir de ma routine. Je m'arrangeais alors pour atteindre des sommets d'inefficacité, je faisais le type réduit du bulbe, et souvent ça ne prenait pas deux semaines après mon embauche pour que l'employeur, dépassé, me vire en grinçant des dents.

Il arrivait que je reçoive des visiteurs, oh, pas très souvent, les voisins vous le confirmeront, mais il y avait bien deux ou trois filles qui m'appelaient encore et quelques vieux amis qui s'agrippaient à ma maigre conversation. D'habitude, ceux-là venaient en couple, accompagnés d'une conjointe dont j'oubliais le nom d'une fois à l'autre, et ça donnait des soirées gentilles où je devais surveiller ce que je disais afin de n'offusquer personne. L'après-midi, je passais donc l'aspirateur pour accueillir décemment mes invités, j'ouvrais les fenêtres tout en brûlant des chandelles parfumées afin de chasser les odeurs d'air vicié. Je mettais des bières au frigo et je guettais avec appréhension l'instant où j'entendrais la voiture dans l'entrée. Le bruit des pneus sur la chaussée, le moteur à combustion qui s'éteint en toussotant, les portières qui claquent, quelques paroles échangées par-dessus la voiture et les pas en crescendo dans l'escalier. En écartant le rideau d'un doigt circonspect, je surveillais l'arrivée du destin par la fenêtre.

Quand la sonnerie du téléphone a retenti vers quinze heures, ce jour-là, j'ai d'abord pensé que c'était mon propriétaire (c'était une sonnerie sèche et insistante, qui n'augurait rien de bon). J'ai décroché l'appareil, les jambes flageolantes, incertain du prétexte que j'utiliserais pour justifier mes deux mois de loyer en retard, puis j'ai approché l'écouteur de mon oreille pour découvrir avec soulagement que c'était Carl... juste Carl. Mon cœur a pirouetté dans son élan, rebondissant à tout va contre les parois pendant les trois ou quatre mesures qui ont suivi, puis s'est remis à battre plus normalement. Carl a jappé un rapide bonjour et s'est enquis de ma bonne santé.

— Qu'est-ce que tu fais ? il a demandé.

— Rien de précis, j'ai dit.

— J'avais pensé faire un saut chez toi, ce soir, avec Miranda. On aurait pu prendre un verre et discuter. T'es partant ?

Je l'imaginais se gratter la nuque, jeter un coup d'œil à Miranda, sa copine, avant de poursuivre :

— Alors c'est bon, on passe vers vingt heures ?

— Vingt heures…, j'ai répété, comme pour gagner du temps.

— Oui. Ou on peut arriver plus tard, si ça te convient mieux…

— Non, non, ça ira. Je suis partant.

On a commencé par boire quelques bières en se racontant les petits événements des dernières semaines. Si j'essayais de résumer ce qui s'est dit de notable à ce moment-là, ça ne tiendrait pas sur plus de deux lignes. J'ai peine à croire que l'accumulation de ces broutilles formera, comme la somme des taches de couleur d'un tableau impressionniste, une œuvre dont on se montrera fier un jour. Quand j'y réfléchis, j'en viens à penser que la question n'est peut-être pas d'y croire, mais de savoir échapper à la vue d'ensemble et de se concentrer sur les couleurs, sur l'application. Parce que c'est chacune de ces petites touches qui compte, chaque infime détail de la toile, et que de notre vivant on n'aura jamais le recul nécessaire pour se faire une idée du tableau, on aura toujours le nez collé dans la peinture, à moitié asphyxié par les vapeurs délétères de l'essence de térébenthine. J'essaie de me convaincre qu'il me reste encore beaucoup de temps avant de mourir et que je réaliserai de grandes choses dans les années à venir, mais je n'y parviens que très médiocrement. On est assis dans la salle à manger, Miranda en face de moi et Carl à côté d'elle, sur ces chaises retapées qui ont jadis appartenu au restaurant en bas de chez moi.

Je me lève pour remplacer nos bouteilles vides par des pleines, mes genoux craquent lorsque je me redresse et Carl me jette un regard brumeux que je ne sais pas comment interpréter. Dans la cuisine, j'examine mon reflet fatigué dans la porte du micro-ondes : des cernes violacés creusent mon visage blême, mes lèvres s'affaissent en une moue dédaigneuse et quelques rides précoces me burinent la peau. Je me souviens d'un âge où je souriais davantage, où je me posais moins de questions, un âge marqué par l'insouciance et l'impulsion. Avec le temps, j'ai dû me faire à l'idée que ma part de charme juvénile se transformait en une espèce de beauté triste, une mélancolie d'animal blessé.

En plus des bières, je pose sur la table un pot d'olives et une boîte de craquelins. Carl écrase entre ses doigts le bout d'une cigarette et demande à la ronde si on a envie de fumer un joint. Pas de réponse : on ne dira rien, mais chacun sait très bien qu'on en fumera tous. Il sort un sachet de la poche de sa veste, jauge une nouvelle fois notre indifférence et se gratte un bouton sur la joue. Miranda épluche distraitement une pile de journaux et de revues, elle tourne quelques pages ici et là, s'attarde aux illustrations, aux grands titres. Un autobus gronde dans la rue et la vibration est reprise en chœur par les vitres de l'immeuble.

Miranda lève le nez du magazine qu'elle feuillette et coule un regard dans ma direction en gloussant :

— C'est dingue, vous avez les mêmes traits !

Elle me tend l'exemplaire ouvert entre ses mains et désigne une photographie avec l'ongle de son index. Il s'agit d'un vieil homme, âgé de soixante-dix ou quatre-vingts ans, dont on ne voit que la tête fripée et le haut du corps, occupé à une quelconque activité située hors-champ. La page que Miranda me montre fait partie d'un plus vaste dossier sur l'économie des pays est-européens (je me rappelle l'avoir survolé quelques mois auparavant) et le directeur visuel a cru bon d'y insérer un plan rapproché de ce vieillard, ouvrier roumain ou quelque chose comme ça, qui n'est ni un spécialiste ni une personnalité publique, juste un type comme vous et moi. Je scrute l'image, pensif, c'est vrai qu'il y a une ressemblance : le menton, le tracé des lèvres, les sourcils, oui, les sourcils, beaucoup, et les fossettes. Je me retourne vers Miranda, qui n'a pas bougé d'un poil, le doigt toujours crispé au-dessus de la photo.

— Les mêmes traits, je fais.

— Les mêmes traits, elle dit, et dans ses yeux c'est comme si je venais de prendre cinquante ans, d'un seul coup.

DEVANT LA VITRINE D'UN RESTAURANT VIETNAMIEN

DEBOUT, TU ME DIS, debout debout debout.

Le dimanche, c'est la journée de la semaine où on se réveille gonflés d'une bonne volonté à tout casser. Moi, j'ai la trique, mais c'est comme tous les matins : ça finit par passer. On a pris la décision de faire du sport, le dimanche matin. On a cru que c'était une meilleure idée que de s'éterniser au lit et glander tout l'avant-midi : ça nous mettrait peut-être en forme, on gagnerait du tonus, on augmenterait notre qualité de vie. Poussés par ces motivations, on se force donc à bouger, on enfile nos survêtements et on va courir dans l'aube, fendant les nuages de rosée avec la détermination butée des gens qui viennent de quitter le sommeil.

Ce matin-là, on se partage nos projets, nos fantasmes, on discute des quelques bouquins qu'on a lus récemment, des recettes qu'il faudrait essayer, on joue à insérer le nom d'une couleur dans chacune de nos phrases, puis on s'arrête à un feu rouge. Ce n'est pas très excitant, je sais, mais c'est comme ça, c'est la vie. Et ce n'est pas toujours formidable, la vie.

Il y a quelques personnes autour de nous, esclaves dociles de leur horaire de travail, elles regardent ailleurs et je me dis : Si je m'agenouillais devant toi, là maintenant, si je dénouais la boucle de ton pantalon et arrachais ta culotte, si je m'agenouillais devant toi, je pourrais m'immoler, confiant, à la chaleur électrique de ton sexe. Retrouver le fumet océanique de ton désir au milieu des silhouettes impersonnelles de la foule, ça me rassurerait sur l'intransigeante inconstance de nos solutions, sur la difficulté de vivre, qui est quelque chose dont on ne se débarrassera jamais. On se tait pendant une minute, on attend que le feu passe au vert, puis on repart de plus belle dans la cadence de l'effort physique. Tes cheveux tressés en deux nattes alanguies se transforment devant moi en baguettes d'un chef d'orchestre endiablé, battant la mesure au rythme de la course, de gauche à droite et de droite à gauche. On retrouve la discussion là où on l'avait laissée, comme si c'était dans le mouvement des jambes (ou dans celui des cheveux) que nos paroles prenaient naissance.

Tout en dévorant les kilomètres, tu t'appliques à me démontrer l'absurdité de mes théories, tu me dis que je ne crois en rien et que j'ai l'émotion mercenaire. Tu la connais pourtant, cette fureur qui m'anime, celle qui me pousse à consommer toutes sortes de produits insolites avec des noms de solvants à peinture, celle qui a débordé juste avant que tu me retrouves debout contre la vitre, le visage en sueur et la chemise déchirée, au milieu de la cuisine à moitié démolie. Tu la connais, cette folie exaltée qui me fait pisser sur le pare-brise des voitures à trois heures du matin, cette propension à aller de travers qui m'a déjà valu diverses menaces de rupture et d'emprisonnement, le téléphone brandi et le doigt posé sur la gâchette du 911. Il y a une rage de vivre dans mon sang qui serait capable de mordre tes poignets et de boire tes veines jusqu'au dernier globule – tu le sais quand tu me regardes droit dans les yeux ce matin-là –, une rage qui pourrait tout détruire en quelques gestes avant que les premiers témoins n'interviennent. Mais je te retiens par le bras et on s'immobilise sur le trottoir, devant la vitrine d'un restaurant vietnamien. Je t'enlace, tu presses ton merveilleux corps contre le mien, je glisse mes mains sur tes fesses et je te murmure des choses que mon éditeur m'empêche de reproduire ici. Ma fureur s'engouffre au creux de ta langue, se blottissant dans la chair de tes mots, dans la confiance humide de tes lèvres patientes. «Apportez votre vin», clame en pure perte un lettrage doré sur la vitrine.

Et soudain ça me frappe – paf! – c'est une sorte de révélation : je réalise que ce moment ne durera pas, que le temps nous rattrape, je réalise qu'on possède une seule chance et que la responsabilité de nos souvenirs n'appartient qu'à nous. Alors, en secret dans mon esprit, j'invoque quelque divinité intérieure, connue de moi seul, je prie pour qu'on se rappelle ça, cette situation-là précisément – dans vingt ans, dans trente, quarante et cinquante ans d'ici. Nous deux en train de parler, juste ça. Le bonheur, en quelque sorte, contenu dans cet instant qu'on aura suspendu au-dessus du foyer, comme une toile peinte par ton grand-oncle. Deux personnages exténués, dans les bras l'un de l'autre, préoccupés par une aube aux contours mouvants dans laquelle, brusquement, ils viennent de percevoir un sens, une réalité. Je prie, je martèle la scène dans mon théâtre interne jusqu'à l'obnubilation, pour bien l'inscrire dans la mémoire de mon corps, et ta voix étranglée surgit faiblement de l'étreinte :

— Arrête de serrer, s'il te plaît, tu me fais mal.

AFFECTIONS CHRONIQUES

CHEZ LES PARENTS, le dimanche soir, il m'arrive d'être accompagné par une fille un peu timide, assez jolie, rarement la même. Une fille qui fait comme si, qui joue la copine, qui parle d'elle, de son chat, de ses études et de ses ambitions, de son patelin à cinq heures de route et du grand-père qu'elle n'a jamais connu. Une fille très comme il faut, née en soixante-dix-neuf, qui mâche sa nourriture sans bruit et qui fait bonne impression. Qui rit peut-être légèrement trop fort et aux mauvais moments, mais personne n'en fait la remarque.

On parle des amies tombées enceintes, des conditions de ski, de la dernière pièce de Robert Lepage et de l'étymologie de nos prénoms. On s'échange une panoplie de petits mensonges sans conséquence, de ces fictions banales et indolores qu'on sert aux gens qu'on aime, pour les conforter dans leur vision de la réalité. C'est lâche, bien sûr, mais c'est souvent de cette façon qu'on perpétue les liens avec nos proches, en s'appuyant sur la stabilité, sur la constance rassurante de certains sentiments. Comme d'habitude, dans la maison des parents, il manque de chauffage. Entre deux bouchées, ma mère se demande ce que cette fille aimerait recevoir pour Noël. Nous sommes en mars.

Dehors, la noirceur pose son épaule contre les vitres, la charpente frissonne dans un long craquement. L'hiver réclame les dernières miettes d'une patience écorchée. À table, nous combattons le silence avec nos coupes remplies et nos rires affûtés. La tristesse est une chose précaire, il m'aura fallu bien du temps pour le comprendre.

Après le repas, ma mère prépare le café pendant que mon père et moi nous occupons de la vaisselle. Enthousiaste, il me confie que cette fille lui semble parfaite pour moi, et il me félicite vigoureusement avec un regard d'une sincérité toute paternelle. Je le remercie, bafouille quelques compliments déplacés sur la salade aux avocats (la vinaigrette au miel, vraiment, c'est une excellente idée), puis nous nous laissons absorber par les chaudrons sans plus ajouter un mot. Cette scène se répète chaque semaine, comme si nous n'admettions jamais sa futilité. Quand j'aurai des mouflets, j'aimerais qu'ils soient plus loquaces que moi, qu'ils me disent à quoi ils pensent quand ils se taisent, à quoi ils rêvent quand ils s'ennuient. J'aimerais qu'ils soient moins sauvages, mieux éclos, j'aimerais qu'ils s'enfoncent dans l'existence, qu'ils vacillent avec les extrêmes et qu'ils s'abandonnent aux excès de l'altérité. J'aimerais qu'ils apprennent à préférer la densité de l'instant à son intensité, mais sans cet inévitable détachement qui me retient, moi, à l'écart dans ma vie secrète.

La maison des parents, à une certaine époque, c'était aussi la mienne. C'était la capitale de l'enfance, le royaume des chimères aux mille possibles. Il y avait de l'espace pour tous les destins qui m'aspiraient dans leur grandeur, pour tous les fantômes de moi-même qui flottaient déjà derrière. Aujourd'hui, les paiements sont terminés, la peinture s'écaille, les génies sont retournés dans leurs livres illustrés et les princesses ne sont plus inaccessibles. Il y a un désir pour cette fille assise près de moi, cette fille dont la main m'enserre les couilles, sous la table, pendant qu'on parle d'un bouquin que je devrais écrire et qui ne se résume pas. Il y a une discussion qui languit jusqu'à vingt-deux heures et toutes sortes d'excuses bêtes pour reprendre sans tarder le chemin de l'appartement. Il y a des promesses dans la paume d'une fille qui me rapprochent du néant, le dimanche soir.

L'inquiétude des sentinelles

J'ai cru apercevoir une mousse blanche dans ses cheveux. Une poussière de laine, à peine visible, qui s'agrippe à une mèche quand on s'habille le matin ; pas grand-chose, une simple erreur venue se poser là comme une cendre égarée, que le vent aurait vite dû se charger de corriger. Mais voilà : la caissière, avec son air ennuyé de caissière, ne se doutant de rien, avait sur la tête ce qu'on aurait pu prendre pour une petite mouche albinos.

Sur le coup, c'est à peine si on note les changements, mais la vie se transforme et évolue différemment autour de ces menus incidents. L'air se condense, l'espace s'arrondit, le cœur bat plus fort et on perd graduellement le sens des réalités. Les sentinelles s'inquiètent, promenant des yeux affolés sur la plaine environnante tandis que l'univers s'ouvre, béant, sur le détail. Il n'y a plus que ça : la fille, le point blanc dans ses cheveux noirs et l'atmosphère ralentie.

Je me suis demandé depuis quand la mousse pouvait être là, combien de personnes l'avaient vue avant moi, pourquoi elles n'avaient rien dit et qu'est-ce qui avait bien pu leur traverser l'esprit à ce moment. Il se pouvait également que je sois le premier à la remarquer. Je me suis alors senti le devoir d'informer la fille de cette incongruité dans son rôle de caissière. Peut-être voudrait-elle par la suite me remercier et pourrais-je pousser plus loin la conversation, je ne sais pas, faire connaissance, aller boire un verre avec elle après son quart de travail. Une jolie fille. Je me demandais comment le lui dire : Mademoiselle, vous avez un truc dans les cheveux ; Ne bougez pas, mademoiselle, que je chasse cette poussière ; ou juste faire des yeux ronds, fixer l'intrus, un geste discret avec la main en espérant qu'elle comprenne ; ou encore rien.

Elle m'a dit : Vingt-deux et quarante-cinq. J'ai dit : Tenez, en lui tendant quelques billets. Elle m'a rendu la monnaie, on a souri un peu pour satisfaire les convenances et je suis parti, un sac dans chaque main.

Seule une chaise un peu tordue
en face de moi

En fixant longuement les objets, il m'arrive de croire que je peux les déplacer. Ce sucrier, là, par exemple, ça doit bien faire douze minutes que je le regarde en insistant à grand renfort de projections mentales, mais il résiste, il refuse obstinément de bouger d'un quart de centimètre et ça commence à me contrarier. Je ne veux plus le quitter des yeux maintenant, c'est impossible, car je me dis que ce serait précisément l'instant qu'il choisirait, si j'avais continué de me concentrer, pour se remuer le socle en bruissant contre la table. Krrr, et le voilà tout d'un coup à portée de main, le sucrier, capitulant devant mes inlassables efforts psychiques. Cette pensée m'empêche de quitter mon état de tension, me gardant dans l'imminence perpétuelle d'un événement qui n'aura, selon toute vraisemblance, jamais lieu, et je peux passer comme ça des périodes de temps plus ou moins longues et stériles, à faire vibrer l'air environnant sans aucune autre occupation que la visualisation permanente d'une action aussi infime qu'improbable.

Je n'ai pas encore commandé et la serveuse me jette des regards en s'affairant aux tables voisines, comme pour me signaler qu'elle ne m'oublie pas. Elle porte une jupe moulante noire et un débardeur en coton blanc muni de fines bretelles. La terrasse est bondée, la moitié des places sont baignées d'une lumière éclatante et, même si j'ai dû me contenter jusqu'ici d'une table ombragée, la course du soleil m'obligera bientôt à sortir à mon tour mes lunettes fumées. La serveuse s'approche enfin, elle me pose les questions d'usage et griffonne quelques mots sur son calepin en opinant du chef (Un espresso, ce sera tout? — Oui, c'est tout, merci.) Tandis qu'elle s'éloigne en slalomant vers le comptoir, j'observe attentivement cet endroit sous ses fesses où ça fait un pli quand elle marche.

Un homme est assis avec son fils de quatorze ou quinze mois à une table près de la mienne. Le type doit avoir mon âge, il a déposé sa veste grise sur le dossier de sa chaise et sirote un jus de fruits. À un moment, en rugissant avec enthousiasme (je me retourne d'un bloc, surpris), il s'empare de son fils qui gazouille en écarquillant d'excitation ses petits yeux verts, et le lève dans les airs. Ils se sourient un instant, comme ça, et puis le gamin retrouve son siège, muet de plaisir. C'est un moment infiniment tendre, et je me dis qu'il ne faut pas grand-chose, décidément, pour fabriquer du bonheur.

Le café apparaît devant moi et je l'absorbe par petites lampées précautionneuses, comme je le ferais d'un délicat nectar à quinze dollars le centilitre. Dans les lieux publics, j'ai une fâcheuse tendance à épier la conversation des gens qui m'entourent, je n'y peux rien, c'est compulsif. J'agis sensiblement de la même façon devant ma boîte aux lettres : qu'il soit midi, vingt heures ou trois heures du matin, je vérifie toujours s'il y a du courrier, soulevant le rabat et glissant machinalement une main à l'intérieur, dans la crainte absurde de manquer quelque chose. Sur la terrasse, je m'ouvre aux scènes qui se jouent tout autour de moi : la ferveur grave d'un tête-à-tête, le ton plus frivole des projets pour le week-end, les rires un peu forcés d'une rencontre professionnelle et le bourdonnement décousu des potins qui s'échangent. J'aime savourer les paroles qui s'entremêlent sans chercher à en saisir le sens, seulement tendre l'oreille à la musique des voix, des voyelles, des voyages. J'essaie de m'abstraire, de me reculer dans la perception pour flotter au-dessus du brouhaha des discussions, j'essaie de fondre l'impression du chaos à celle de l'unisson, afin de devenir moi-même l'espace qui les contient. Parfois, j'ai le sentiment qu'on a repéré mon manège, je fronce alors les sourcils en revenant sur terre, me compose un air pénétré et examine mes ongles comme s'il n'y avait plus que ça d'important.

Il est quinze heures cinquante. Déjà vingt minutes que tu devrais être là, mais je ne m'inquiète pas, pas encore, pas trop. Ton absence demeure inhabitée, pas tout à fait une absence, d'ailleurs, car ton existence s'avère encore trop fragile, ici, pour avoir droit à cette réalité. Seule une chaise un peu tordue en face de moi représente la possibilité de ta venue en ce lieu, hypothèse bien mince, ténue, et qui plus est de moins en moins plausible, s'éteignant avec les tracas dans la douceur de l'après-midi.

Dans les minutes qui suivront, je fermerai les yeux, je laisserai les premiers rayons me chatouiller les cils, et la marée montante me submergera progressivement de sa lumière. Je sentirai la chaleur parcourir mon visage, fouiller chacun des pores de ma peau et les dilater dans une jubilation infinitésimale. Sur l'écran secret de mes paupières closes, ce sera rouge, orange, d'une couleur unie qui m'emplira l'esprit, et je terminerai mon café en étudiant les meilleures façons de savourer la noyade.

LES IDENTITÉS CLANDESTINES

JE ME DIS QU'UN JOUR J'AURAI UNE VRAIE CARRIÈRE, avec un salaire que je pourrai mettre de côté et des collègues exemplaires, qui raconteront des plaisanteries que je ne comprendrai pas et qui parleront d'une vie qui n'est pas la mienne. J'aurai les cheveux aplatis et bien peignés, des rêves pour la retraite, une désintox payée par l'entreprise et chaque matin ça embaumera la lotion après-rasage dans la salle de bains. Je n'aurai plus rien à inventer, plus rien à demander, plus rien à gagner. Ce jour-là, je serai débarrassé de l'obligation de travailler à l'usine l'été : pour rembourser mes dettes, inviter des filles dans l'appartement, acheter du scotch et continuer d'engraisser le chat. Un jour, j'aurai l'argent nécessaire pour me consacrer aux choses inutiles, mais il faut quand même admettre que c'est plutôt mal parti.

L'usine, ça fait quelques étés que j'y travaille. On me connaît bien, là-bas, et, sans dire que je me suis lié d'amitié avec les types que j'y retrouve chaque année (des hommes de quarante et cinquante ans, très virils, avec lesquels je n'ai qu'un minimum d'affinités), il s'est établi entre nous une sorte de bonne entente tacite que je trouve satisfaisante. Souvent, quand le boulot est terminé, on se réunit, à trois ou quatre employés, et on va prendre une bière chez Ben ou chez Pierrot, qui habitent à côté. Le boulot commence à vingt et une heures, au moment où l'équipe de soir libère le plancher, et se poursuit jusqu'à tard dans la nuit. Ça consiste à décrasser et désinfecter de fond en comble la machinerie d'une chaîne de production alimentaire, jour après jour, armés d'acides et de substances chimiques qui dissoudraient l'asphalte. L'été, j'ai les mains brûlées par l'eczéma et, dans la solitude des départements surchauffés, avec mes chaudières remplies de produits toxiques, je connais les meilleurs vertiges de mon existence. J'y trouve un certain plaisir.

À une heure du matin, on sort pour la pause. Ça représente la demi-heure d'arrêt dont on disposerait pour dîner, si on travaillait dans le sens des jours. On mastique quelques sandwichs afin de tenir le coup, qu'on fait descendre avec une boisson gazeuse, mais en plein cœur de la nuit, comme ça, personne n'a vraiment faim. À l'extérieur, c'est le désert : on fume nos clopes avec un acharnement silencieux, attentifs aux papillons qui rebondissent d'ivresse contre la lumière de l'entrée. Ensuite on parle des programmes populaires à la télé, on discute de mécanique automobile et on se raconte des blagues vulgaires, qui font rire tout le monde. Les gens normaux sont en train de dormir ; ici, on enlève les traces du jour jusqu'à ne plus se sentir exister, on oublie pour les autres, pour qu'il y ait un matin après la nuit.

En revenant de la pause, le degré de motivation chute considérablement : une affreuse humidité me pénètre les os et j'ai deux longues heures à tuer enfermé dans les chambres froides. Le seul moyen d'étourdir un peu l'horloge à ce moment de la nuit consiste à penser à toi, à fredonner des mélodies tout en me remplissant la tête de ta présence, de ton humeur, de cette odeur tropicale qui t'enveloppe quand tu sors de la douche. J'astique les pales des ventilateurs, une par une, je gratte les croûtes durcies sur le sol, et je me dis qu'un jour je ne travaillerai plus à l'usine l'été. Je pense à tes dents plantées loin dans la chair de mes cris, à tes cheveux dans ma bouche et à tes doigts noués autour de mon cou. Je songe à ton corps fouillant le mien pour rassembler mes souvenirs, tous ceux que je ne connais pas et résumer, faire un petit tas avec les hommes que je contiens, ceux d'avant et ceux d'après, comme du linge sale qui traînera encore longtemps dans la salle de lavage.

Je pense à toi qui m'attends au pied de la porte quand je regagne l'appartement, vers cinq heures du matin, un peu saoule et pleine d'envies bizarres auxquelles je ne saurais résister. À toi qui m'appelles toujours trop tôt, me réveillant pour me confier que tu n'as rien à me dire, que dehors il fait déjà soleil, que le café t'a brûlé la langue ce matin et que tu t'es fait mal à un ongle en essuyant la vaisselle, hier soir. Des choses comme celles-là, sans suite, tout en désordre. Au fond de la cour, quelque part entre ma chambre vide et mes délires paranoïaques, il y a tes camisoles à sécher, ta peau sur les planches pourries de mon balcon, avec des échardes dans les fesses à t'enlever pendant des heures.

Les minutes s'écoulent chaque nuit à travers ce doux champagne. En récurant les pétrins, plongé dans les émanations d'une pâte aigre et défraîchie, je rêve de te couvrir le corps de gomme balloune pour te lécher toute la soirée, je rêve de t'asseoir devant moi, de caresser ton visage, de te prendre par la main et de marcher avec toi sur la rue Saint-Jean, rouge de fierté, un couteau sous ta gorge blanche. Je rêve de définitions qui restent toujours inachevées, d'identités qui ne s'arrêtent nulle part, qui vivent dans un espace transitoire et n'élisent domicile que dans la continuité rompue de leurs déplacements. Je rêve d'identités clandestines, comme les passagers d'un navire dont l'histoire, au bout du voyage, finit par leur appartenir.

Je pense à toi, la nuit s'achève, je rentrerai bientôt.

On a tué le monstre de la salle de bains

On a tué le monstre de la salle de bains. Ça s'est passé ce matin, vers dix heures, dix heures trente. J'ai d'abord entendu les pas dans l'escalier : des sons qui montaient lentement vers moi. J'ai su qu'il fallait faire vite, alors j'ai avalé ce qu'il me restait de café, j'ai ramassé les sous-vêtements qui traînaient et j'ai enfilé un pantalon. Juste à temps pour entendre un silence gêné installé devant la porte, un silence immobile mais étrangement vivant : l'instant où l'on ajuste le col de sa vieille chemise fripée, l'instant où l'on déglutit, où l'on se gratte l'aile du nez d'un index distrait, interrogeant fugacement le vide devant soi afin de savoir comment l'on abordera le type qu'on va trouver à l'intérieur, c'est-à-dire moi. Et j'attendais là, de l'autre côté, me demandant peut-être la même chose, ou peut-être pas. Je me rappelle une vague angoisse à l'idée des coups contre la porte, puis des coups proprement dits.

L'homme n'a pas perdu son temps. Il a éparpillé son matériel sur le plancher, a choisi quelques outils puis a disparu dans la salle de bains plusieurs minutes. Il a fait du bruit, a grommelé des choses que je n'ai pas bien comprises, puis s'est tu pour déplacer le siège des toilettes dans un effort sonore. Au bout d'un moment, il a quitté l'appartement pour revenir avec deux grosses boîtes en carton, qu'il a apportées avec lui dans la salle de bains. Peut-être sous l'effet de la poussière ou des produits chimiques utilisés, mon regard s'est voilé et j'ai été saisi d'étourdissements, de chaleurs. Je commençais à suffoquer quand le plombier m'a conseillé de sortir à l'extérieur, le temps que tout soit terminé.

Il y avait un monstre dans la salle de bains. Pas un méchant, non, un petit monstre de rien du tout, qui se contentait de peu, assez laid, certes, mais complètement inoffensif. Les gens qui passaient chez moi s'y habituaient rapidement. Il se manifestait quelques secondes après qu'on avait tiré la chasse d'eau, et le moment qu'il préférait, c'était celui où le réservoir achevait de se remplir : il gémissait alors lentement, lugubrement, et son cri résonnait dans la tuyauterie de l'immeuble, réveillant les voisins dans une inquiétude spectrale.

Mendiant mon affection, le nouvel arrivant se tortille le long du couloir tel un gros mollusque blanc. Mais moi je sais qu'il n'est plus le même, alors je fais comme s'il n'était pas là, je l'ignore, et il retourne en rampant se placer entre la baignoire et le lavabo. On a tué le monstre de la salle de bains. Il va presque me manquer, c'est idiot. J'attendrai vainement dans le silence cette longue plainte, cette lamentation sordide de paquebot qu'on égorge.

Seuils

Quelqu'un a-t-il déjà pensé à ce qui arriverait si les portes décidaient soudain de mettre fin à leur apathie servile et se révoltaient ? Évidemment non, il faut être un peu dégénéré pour s'attarder à ce genre de questions. Il y a tellement de choses plus sérieuses sur lesquelles s'interroger en ce monde. Par exemple : Que vais-je bien pouvoir faire de mon existence ? Pourquoi les gens se rendent-ils fous à tant travailler ? Ou encore celle-ci : À quoi rêve ma copine quand elle soupire la nuit ?

Non, franchement, jusqu'au jour où les portes elles-mêmes nous prouveront le contraire, il n'y a aucune raison de s'inquiéter d'un putsch de leur part ou de craindre une révolution. Car les portes, tout le monde le sait, ça ne bouge pas comme ça en plein milieu d'un programme télévisé pour foutre le camp. C'est plus raisonnable, voyons. Ça attend au moins la fin.

Et puis verriez-vous ça, par des températures de gelée de canards comme celle d'aujourd'hui ? Quand on doit se tenir la tête à deux mains pour éviter qu'elle parte au vent et qu'on se glace les gencives au premier mot qu'on échappe. Un foutu temps de gerçures et de fractures du coccyx, de ceux qui nous donnent la pensée qu'on pourrait y rester : affalé par terre sur le béton, immobile et tout raide, avec des airs de se casser si on y touche, prisonnier du verglas comme un gigot dans sa ficelle. Non, sans les portes, il aurait fait froid dans les maisons, on aurait eu le nez congelé en se réveillant et les appareils électriques auraient tous cessé de fonctionner. Le chat serait parti baiser la grosse femelle d'à côté pour se garder au chaud, on aurait entendu les verres exploser dans les armoires et le dentifrice n'aurait plus daigné quitter son tube. On aurait eu des trucs à raconter pour le restant de nos jours, des trucs plutôt assommants aux yeux de nos petits-enfants, plus tard, qui nous auraient reproché pour la millième fois : Papi, bordel, tu radotes encore.

Mais finalement, ce qui rassure, c'est qu'il y aura toujours des portes fermées, contre lesquelles il faudra frapper longtemps avant de se faire répondre, par une petite voix étouffée à l'intérieur, d'attendre une minute, ça ne sera pas long. C'est toujours long. Alors on reste là, à poireauter sur le seuil, ridicule, disant bonjour au voisin qui descend l'escalier avec ses vidanges. À s'imaginer tous les amants qui seront enfermés dans le placard de la chambre à coucher, les vêtements repoussés précipitamment sous le lit et cette odeur de sexe, tenace, qu'on fera semblant de ne pas remarquer. Des choses relativement négligeables. Ce qui rassure, je disais, c'est qu'on ne possédera jamais les clés de l'appartement. Et que si un jour on les reçoit, on pourra toujours aller les perdre dans la première grille d'égout en sortant.

Tu m'aimes mal

Je suis revenu de travailler hier soir et tu n'étais plus là. Tu étais partie : laissant un petit mot sur la table, laissant la vaisselle, le chat, le désordre et le linge sale. La télé allumée, le spaghetti croûté au fond de la casserole et les plantes sur le bord de la fenêtre qui mouraient d'envie de tout me raconter. Qui en mouraient d'envie mais qui ont choisi de garder le silence.

Un billet sur la table, pour toute cérémonie. De ceux que tu as trouvés un peu partout durant les huit mois qu'on a passés ensemble, quand je sortais tôt le matin et que tu dormais encore – dans tes chaussures, sous ton assiette, derrière la boîte de céréales ou sur la peau frémissante de ton ventre en te réveillant. « Tu m'aimes mal, ça disait. Tu m'aimes mal et j'en peux plus. J'ai besoin d'être ailleurs, n'importe où, loin de toi. » Rien de plus. Un gribouillis dans le haut de la feuille, un cerne de sauce tomate sur le comptoir depuis trois jours et tes cheveux qui s'obstinent à bloquer le trou du bain. Il y avait ton absence, quelque chose de dur à avaler, ton odeur qui resterait dans l'appartement, le chat qui ne miaulerait plus jamais comme avant. Je ne savais plus quoi faire. J'ai éteint les lumières et j'ai laissé les larmes couler sur mes joues. C'est là que j'ai compris que tu avais raison.

J'ai passé la soirée à faire le ménage, à rassembler tes souvenirs avec le balai au bout duquel tu me chantais des ballades douces et tristes à s'en flinguer. J'ai fait des tas avec la poussière de ton passage, j'ai réduit le temps à ces monticules sans réalité et j'ai tout mis à la poubelle, moi avec. Alors je me suis assis et j'ai voulu pleurer encore, mais le chagrin n'est pas monté. J'ai fermé les yeux, bien fort, afin qu'il n'y ait plus rien, que l'obscurité se mette à bouger sous mes paupières et qu'à la longue elle se teinte de couleurs vives et d'étoiles blanches.

La nuit était tombée depuis longtemps et une solitude nouvelle m'a soudainement glacé les os. Un abîme au fond de l'estomac, comme la nécessité brutale et apaisante d'un mur de briques à deux cents à l'heure. En proie à cet isolement qui s'appelle l'attente, le besoin d'être aimé, pour mieux camoufler le malaise. Quand minuit approche, que l'appartement est désert et qu'on possède une bonne raison de se sentir désemparé.

ÇA NE REPOUSSE PAS, LES DOIGTS

À UNE CERTAINE ÉPOQUE, je pleurais devant la télé parce qu'il y avait des gens tués à l'étranger et que j'avais perdu la faculté de comprendre pourquoi tout ça arrivait. Je pleurais devant ce genre de reportage parce qu'on ne m'avait pas averti qu'il fallait convertir dans ma tête tout ce qui venait de l'extérieur en spectacle. On nous demande généralement de nous en dissocier en nous soulignant que ça se produit loin, là-bas, et qu'on ne doit pas se sentir concerné. Mais je voyais ces hommes, ces femmes et ces enfants, ces soldats, puis j'imaginais les centaines de milliers de téléspectateurs impuissants, je voyais tout ça. Et ça ne rentrait plus à l'intérieur.

Je regardais mon appareil, les petites chorégraphies des individus qui vivaient et qui mouraient dedans. À l'écran, parfois, les physionomies me rappelaient d'autres personnes et ranimaient de vieux souvenirs que je croyais disparus. Je me disais que j'aurais pu me servir du raccord électrique pour m'étrangler : ça l'aurait défiché de la prise murale et j'aurais eu la paix – deux fois plutôt qu'une. C'était une pensée plutôt inquiétante, alors je me suis rapidement débarrassé de la télé et j'ai connu les raffinements du silence. Mais j'avais beau les chasser, les scènes quotidiennes des infos avaient envahi mon imaginaire et elles me poursuivaient sans relâche. Des images de brutalité, d'orgie, d'avidité et de rendement qui forment la toile de fond de nos mentalités. J'aurais voulu m'affranchir de ces visions, aller plus loin, dépasser la conception des rapports de pouvoir et de domination. Je m'accroupissais dans la baignoire, nu sous le jet de la douche, et je gémissais sans savoir où ça devait me conduire, sans parvenir à diriger mon informe et bouillonnante révolte.

Peu de temps après m'être départi du téléviseur, je me suis mis à espionner les voisins par les fenêtres de la cuisine. L'immeuble en face du mien était un hôtel : on y comptait quatre étages, et j'avais un accès visuel confortable sur une largeur d'au moins cinq fenêtres, ce qui me faisait au total une vingtaine de chambres à gérer. Dans l'ombre, j'observais les touristes en vacances, les familles excursionnistes, les couples migrateurs, et je les analysais, je prenais des notes, des photos, tenais des registres et compilais les archives. C'étaient mes voisins à usage unique, qui demeuraient rarement plus d'un soir ou deux, et que j'aurais été bien embêté de croiser dans la rue. Tapi dans l'ombre, comme ça, je pouvais rester des soirées entières à goûter sur leurs lèvres des discussions qui ne m'appartenaient pas, à écouter la douce musique de leurs éclats de rire muets et à tracer les contours de l'ennui, fasciné par les visages, les gestes, la dynamique des corps dans l'intimité. Avec une bonne bouteille de rouge, je me demande si ces heures-là n'auront pas été les plus belles de mon existence.

Quand j'étais môme et qu'on partait visiter des villes situées à dix, quinze ou trente heures de route, mon père balayait notre pudeur en déclarant du haut de sa voix autoritaire : Personne ne nous connaît, ici, de quoi avez-vous peur ? Ces mots magiques revenaient comme un leitmotiv et servaient, notamment, à convaincre sa progéniture de se mettre pratiquement à poil sur la plage lorsque venait le temps d'enfiler les maillots de bain. Pour la durée du séjour, il désamorçait de la sorte toute forme d'embarras relative à nos agissements de voyageurs. Je me plais à croire que c'est pour la même négligente raison que certains ne tirent pas leurs rideaux, une fois l'obscurité tombée, et exposent ainsi leur vie privée aux résidents un peu voyeurs de mon espèce – volontairement, d'une certaine manière.

À cette même époque, j'ai rêvé qu'au boulot je me coupais deux doigts, mais je n'éprouvais que des regrets assez flous. Le sang giclait comme d'un minuscule volcan en éruption et j'aspergeais la débiteuse en tentant de contenir l'hémorragie. Mes collègues accouraient en m'entendant crier, mais je ne paniquais pas. Je me sentais léger, la machinerie s'était tue, il n'y avait que ma voix s'élevant dans l'atmosphère de l'usine, comme dans une cathédrale. Le contremaître apportait une serviette blanche que j'enroulais autour de mon membre mutilé. Ça continuait de saigner sans tarir et le tissu s'imbibait de rouge, dans un joli contraste chromatique. Les deux bouts de chair gisaient par terre à travers les rognures et les copeaux de plastique, personne ne les ramassait et je me faisais la réflexion qu'ils rejoindraient probablement les ordures dès que j'aurais le dos tourné. Dans mon rêve, le contremaître prenait son temps, il me faisait monter dans sa voiture et on roulait vers l'hôpital. Au bout d'un moment sans parler, il me confiait qu'il avait subi un accident similaire par le passé. Il enlevait alors ses gants de travail et me montrait sa main droite, où il manquait l'auriculaire et l'annulaire (mais sa main, dans la réalité, je l'ai vue à plusieurs reprises et je peux garantir qu'elle est intacte, or, curieusement, je ne m'étonnais pas d'y découvrir seulement trois doigts). Il me fixait sans ciller et remuait ses deux moignons comme des marionnettes, en souriant bêtement.

C'est à peu près à ce moment-là que je me suis réveillé. Évidemment, j'avais encore mes doigts, donc j'ignore si c'était nécessaire ou non. Je ne ressentais aucune envie de me trancher quoi que ce soit, même que cette idée m'apparaissait plutôt insensée : ça ne repousse pas, les doigts. N'empêche, je conservais du songe un sentiment de volupté, coupable et ambigu, une ivresse de l'écoulement dont je ne savais que penser.

J'aurais voulu qu'on me dise à quel âge l'angoisse commence à tuer. Il me semblait que les ongles ne suffisaient plus face à l'ampleur des incertitudes, la surface à ronger diminuait et je me sentais de plus en plus fragile, démuni, à l'aube de disjoncter. Je commençais à douter de ma réalité et ne savais plus pendant combien de temps je serais encore moi-même, je craignais de tourner sur une rue et de ne plus me souvenir de mon nom.

Le souvenir d'un baiser
qui n'a pas encore eu lieu

JE ME CONTENTE DE LOUCHER VERS TOI, de coller mes pensées sur tes hanches et de rester là comme un con, les pieds soudés au sol, la mâchoire qui pend sur le côté, parce qu'il y a la terreur d'agir en même temps qu'une irrésistible attirance. Voilà ma façon de draguer : l'admiration, la fascination lâche et contemplative. Et mon corps de bière au comptoir, ma tête dans tes trous noirs, l'instinct déchiré. Comme quand j'étais petit et que j'allais plaquer mes mains sur le rond du poêle encore brûlant, ou ma langue sur les poteaux de fer et les fermetures éclair en plein mois de janvier. Ça laisse des marques, forcément. Je ne sais pas ce qui est le pire : si c'est l'angoissante paralysie qui précède l'action ou la sulfureuse douleur qui ne manque pas de la suivre. Peut-être que ce n'est pas important, que la seule sensation qui compte, au fond, c'est l'abîme envoûtant des désirs qui se moquent de la raison.

Je t'imagine avec d'autres hommes, dans toutes sortes de positions, des scénarios où tu prends du plaisir à faire des trucs qui ne se disent pas, où tu n'ouvres jamais la bouche pour les bonnes raisons et où tu manques de rythme. Des fragments d'avenir aux couleurs fraîches, avec toi debout et toute nue au beau milieu de mon appartement. Des images d'une clarté savoureuse, où ton visage se multiplie dans la galerie hallucinée de mes fantasmes et où tu m'arraches avec un cri d'amazone mon piercing à la nuque. Des scénarios sur mesure, juste pour moi, qui sentent fort l'intimité et les draps sales.

Tu me reprocheras des tas de choses, me diras Pourquoi t'es pas comme ci, Pourquoi t'es pas comme ça. Je t'enverrai promener, je te lancerai Espèce de salope, comme si je le pensais, d'un ton très convaincant, et tu me gifleras rageusement, tu me gifleras jusqu'à en avoir mal aux mains. Jusqu'à ne plus penser qu'à moi et à tes paumes endolories. On se mettra alors à pleurer en se serrant fort dans nos bras, on se dira qu'on est heureux, à notre façon un peu miteuse. Il n'y aura aucun secret, aucune honte, j'aurai peut-être de nouveau le goût d'aimer – d'en aimer une seule, je veux dire –, et ce sera grâce à toi.

Tu te demanderas comment j'ai fait pour décrocher cette moyenne à l'université, quels professeurs j'ai soudoyés, lesquels j'ai menacés, à qui j'ai permis de jouer avec mon corps – tu ne comprendras pas. Tu me demanderas pourquoi l'on ne m'a pas tout simplement interné. Je ne te répondrai pas.

Je me contente de loucher vers toi, de fixer tes jambes surréalistes, avec le regard flou des gens qui pensent à autre chose. Au souvenir d'un baiser qui n'a pas encore eu lieu, à la chair rose de tes lèvres ressuscitant les miennes, à tout ce qu'on serait, si on avait choisi une autre réalité, si on n'avait pas manqué cette occasion de se rapprocher. Il y aura ta beauté qui restera dans mes yeux, une beauté qui ne t'appartiendra jamais, qui sera celle d'une seule personne, celle tournant à vide dans l'esprit tordu d'un garçon qui ne sait plus quoi inventer pour cesser d'avoir raison.

ISABELLE BLAIS

Je suis en ville jusqu'à demain, j'aurais voulu te voir.
Téléphone-moi vite, rejoins-moi, bouscule-moi.
Je t'attends, je t'embrasse.

C'est signé Isabelle et collé sur la porte de chez moi, juste sous l'œilleton. Mais Isabelle, bon Dieu, quand comprendras-tu enfin que j'en ai assez d'être ta chose lorsque tu débarques dans les environs? Ce n'est pas sain, tout ça. Ne crois-tu pas, parfois, que ça nous tuera de vivre sans l'espérance d'une trêve? Ne vois-tu pas la souffrance dans mes yeux lorsque je t'accote au mur, que je caresse tes cuisses, ton ventre et que je te fais la plus folle des demandes en mariage, rien que pour la beauté équivoque de t'entendre la refuser en souriant?

Tu reviens de tes spectacles à des heures indues, tout énervée et sémillante. Tu profites de mon bar, de mon âme, de ma chaleur et de mon lit. Tu économises la chambre d'hôtel et le déjeuner, tu t'abandonnes sur mes draps, et c'est toujours moi qui dois les frotter le lendemain après-midi. Tu as les pieds froids, Isabelle, tu m'invites à des réceptions chic où tu omets de me présenter aux gens que tu connais et où tu ne m'adresses pas la parole de la soirée. Alors je poireaute dans mon coin, je secoue la cendre de mes cigarettes dans les pots de fleurs et j'avale mon champagne en rotant.

Je joue mon rôle avec une componction exemplaire. Faussement réservé, parfaitement alcoolique, je donne la réplique à des inconnus trop polis pour m'ignorer. Je me sens civilisé, et je regrette d'avoir oublié cette poudre qui rehausse si bien les boissons et qui aurait su mettre un peu de piquant à ces mondanités. Pour passer le temps, je fais du charme à d'invraisemblables décolletés qui me roulent sous le nez, j'échappe discrètement du caviar sur les chaussures cirées de quelques messieurs et j'ai la nette impression que les deux gorilles en costard, près de la porte d'entrée, surveillent mes agissements depuis une bonne dizaine de minutes.

Lorsque je parviens à m'incruster dans un cercle où se trouvent déjà des personnalités connues, j'essaie de placer un bon mot, une anecdote qui dériderait les gens. Je déborde de bonnes intentions, mais quand j'ai fini de raconter mon histoire, il y a toujours un silence gêné, des hochements de tête courtois et retenus, des regards en biais, puis Rémy Girard déclare qu'il va se chercher à boire, alors qu'on voit tous que son verre est encore à moitié plein. Presque en même temps, deux autres personnes s'écartent en discutant précipitamment, en proie à une sorte de fièvre qui les extirpe de leur embarras, puis les derniers éléments de la cellule se détachent et dérivent ensuite doucement pour être absorbés autre part dans le tourbillon social. Le groupe se dissout immanquablement dans les cinq minutes où j'y suis apparu. Je pourrais tendre la main devant moi et toucher les dernières paroles que j'ai prononcées, elles tomberaient par terre en se fracassant comme des petites coupes de cristal.

Je me dirige vers une fenêtre, je repousse le rideau pour jeter un coup d'œil à l'extérieur. La nuit est noire et tout ce que j'arrive à discerner, c'est mon propre reflet sur la vitre, avec en arrière-plan les mouvements confus de la foule. Les volutes de ma cigarette exécutent une danse bleutée aux lois complexes, je ne me suis jamais senti à l'aise dans les rassemblements de ce genre. La prochaine fois, j'amènerai de la lecture. Puis c'est la fin de la soirée, je t'attends dehors pendant que tu remercies les hôtes et ça prend du temps. Je vomis un peu dans les plates-bandes, m'essuie avec la manche de mon veston de location et tu es enfin prête, alors on y va.

Dans le taxi, tu te penches pour enlever tes souliers et te masser les orteils, la bretelle de ton soutien-gorge choit, tu la replaces et elle tombe à nouveau, puis pendant qu'on circule, tu m'entretiens de Stanislavski en regardant tes doigts de pieds, comme si c'étaient eux, Stanislavski. Lorsque nous sommes arrivés, tu sors ton porte-monnaie pour régler la course, mais je te retiens (Cette fois, c'est moi qui paye), pour finalement m'apercevoir que je n'ai pas suffisamment d'argent dans les poches et te laisser faire en soupirant.

Tu voudrais m'avoir tout le temps sous la main, dans les pattes, tu voudrais que je sois là pour te glisser des choses vulgaires à l'oreille, des phrases à s'en mordre les fesses. Tu te plains que je manque d'envergure, que je suis mal rasé, que ce n'est pas comme ça qu'on vit et que ça doit changer. Tu as toujours quelque chose à dire à propos de mon attitude, mais ça ne changera pas : je le sais, tu le sais et je sais que tu le sais, c'est un scénario connu qu'on s'amuse à rejouer dans le théâtre de notre intimité, les soirs où l'ennui rôde autour de nous. Il nous reste tant de choses à désapprendre ensemble. Auprès de toi, Isabelle, je sais être faible, scandaleusement faible, et tu aimes ma vulnérabilité parce que nos monstres aussi ont le droit d'être aimés.

Tu ne me parles jamais de ton conjoint, celui avec qui tu partages ton quotidien, et je laisse les coups résonner contre la porte d'entrée lorsqu'une ancienne amante refait surface au mauvais moment. On fait comme si de rien n'était, comme si on vivait à l'intérieur d'une forteresse, et c'est dans cet espace qu'on se trafique une relation, à l'image de ces révolutions qui ne rencontreront jamais l'Histoire. Après ton départ, les plumes de l'oreiller gardent ton empreinte, et je me couche en inhalant les dernières particules de ta présence. La lumière de l'escalier est restée allumée, mais je ne me relève pas pour aller l'éteindre.

Un jeudi soir de février, tu viendras donner une représentation dans une salle de spectacle près de chez moi et, ce soir-là, Isabelle, tu ne frapperas pas à ma porte. Ça ne traduira aucune mauvaise pensée de ta part ni rien : tu n'y auras tout simplement pas fait attention et ça aura glissé sous les mille et un engagements de ton horaire surchargé. Les mois suivants, je recevrai quelques lettres assez gentilles où tu me raconteras tes réalisations, tes contretemps, tes joies et tes moments difficiles, puis un jour tu cesseras complètement de m'écrire. Je constaterai qu'à cette même date, l'an passé, on commençait à peine à se fouiller la tête pour se trouver des défauts, des couleurs, des vices et des travers à cajoler. Mais notre relation s'arrêtera là, puis ce sera tout.

Je ne pleurerai pas, je me convaincrai de ne pas pleurer, mais je songerai longuement à ta jupe retroussée, à tes souliers boueux dans le hall, à ton haleine dans mon cou, et il faudra que je me souvienne de respirer pour croire à nouveau au soir qui arrive.

Faire l'amour une dernière fois

J'étais tombé amoureux de toi parce que tu allais partir et qu'il y avait l'urgence de cueillir sur ta peau les mondes qui salaient nos caresses. Parce que ton départ empêcherait devant l'éternité qu'on se lasse l'un de l'autre. On savait que la fin serait brutale, qu'il y aurait du tragique dans notre séparation, mais on y repenserait plus tard avec une douce nostalgie, et non avec l'amertume qui s'installe après une rupture. L'amour est lâche, et le contredire est un courage que j'ai rarement eu.

Nos éclats de rire se penchaient par la fenêtre et harponnaient en s'échappant le regard des passants. C'était le début de l'été, tu avais les cuisses d'un jardin d'Éden, du napalm au creux des reins et tu criais comme si j'avais le diable au corps. Les pigeons jouaient aux voyeurs en roucoulant discrètement de l'autre côté de la vitre, la réalité semblait suspecte à force de légèreté.

Quelques heures avant de t'envoler pour l'autre bout du monde, tu m'as téléphoné et tu m'as chanté cette ballade en t'accompagnant à la guitare. L'acoustique était mauvaise à cause de la ligne et les accords grinçaient en me perforant le tympan, mais je m'en foutais : je t'écoutais religieusement.

Ta voix vacillait, s'éteignait à moitié au bout des couplets, si bien que la moindre parole se chargeait d'une émotion insoutenable, et après un moment je n'ai pu retenir mes larmes. On s'est dit adieu comme ça, presque sans rajouter un mot, c'était très beau, très touchant et poétique. Mais on aurait peut-être dû se contenter de faire l'amour une dernière fois, comme tout le monde.

Les vélos meurent en ville

Les vélos sont des êtres au destin tragique. C'est en ville, au printemps, que ça se remarque le mieux. On les retrouve enchaînés dans des postures d'ivrogne sur le trottoir, les roues mordues par une glace qui refuse de fondre et tavelés de rouille comme les mains d'un grand-père. Ces vélos qui passent l'hiver sous la neige, on les découvre en avril, abandonnés et tordus, montres molles orphelines. Ils ne seront pas réclamés, n'auront plus jamais droit à ces longues promenades estivales sur les berges du fleuve, désormais sans famille, sans domicile, voués à l'inertie honteuse du pilori en place publique.

Les vélos meurent en ville, aux yeux de tous, comme les pires criminels, le corps exposé aux chiens et aux corneilles, livré aux tempêtes et à l'urine de fin de soirée. Ils acceptent stoïquement leur sort, sans la moindre protestation, dérisoires sorcières de notre monde échevelé.

Un matin de mai, un employé municipal arrivera avec sa camionnette et utilisera ses pinces pour couper le cadenas des laissés-pour-compte. Il ramassera les carcasses, remplira sa fourgonnette et repartira sans vraiment s'être attardé au triste sort de sa cargaison. Il pensera aux vacances, à son plus jeune qui vient de tomber malade et à la voisine qu'il reluque depuis son patio quand elle sort se faire bronzer.

C'est moi qui ai mouchardé

La petite Éléonore est schizophrène. On raconte dans la banlieue d'où je viens qu'il y a eu un drame horrible dans sa famille, le genre de drame dont on ne se remet pas, justement, et que c'est depuis ce temps-là qu'on la retrouve parfois en train de manger de la vitre derrière le dépanneur.

Une nuit, il y aurait eu une engueulade incroyable dans la maison d'Éléonore, sa mère aurait pété les plombs, décidée d'en finir avec son existence d'alcool et d'antidépresseurs, avec toutes les misères qui lui bouffaient la cervelle depuis trop longtemps. Elle aurait menacé son mari avec une arme et l'aurait conduit à l'extérieur, dans la cour. Il y aurait alors eu trois coups de feu, les deux premiers dans le corps de l'homme, puis l'autre, un instant après, dans une brique chez le voisin, à travers le crâne de la femme. Une paire de cadavres étendus sur l'asphalte regoudronné le printemps même, des sirènes d'ambulance dans la nuit noire, du sang qui coule mais pas très loin, car c'est poisseux, le sang. La petite Éléonore aurait vu toute la scène, de la fenêtre de sa chambre, muette, les yeux ronds comme ça. Je ne sais pas si c'est vrai. On lui a demandé des dizaines de fois, sur tous les tons, mais elle ne nous a jamais répondu clairement. C'est son oncle et sa tante qui l'ont adoptée, qui l'ont élevée, les rumeurs auront peut-être colporté le reste. On ne sait jamais très bien dans ces histoires-là.

Éléonore est plutôt secrète, elle ne parle pas beaucoup, mais se montre toujours très curieuse quand on vient lui faire la conversation. C'est dans son tempérament : une fille gentille, qui met du cœur à rester naïve, à croire tout ce qu'on peut lui monter comme bateau. Une fille qui préfère rêver le réel et qui ne refuserait probablement pas de s'endormir dans le garage, avec le gaz carbonique qui pose sa main sur ses paupières. C'est sûr, elle se laisserait volontiers partir : mourir à son tour, débrancher cette putain d'existence qui lui siffle dans les oreilles, cet acouphène qui rend fou, quitter le monde sans faire de bruit, assez proprement, disparaître et mettre fin aux insomnies qui étirent la douleur. À court terme, pour rendre sa vie plus supportable, elle déambule à longueur de journée dans les rues du quartier, elle marche jusqu'à en avoir mal à la tête d'aligner les pas sans fixer sa pensée, reculant l'instant où l'esprit reviendra s'enraciner dans le corps.

Un adolescent du quartier a un jour demandé à Éléonore de prendre son pénis dans sa bouche et d'accomplir un mouvement de va-et-vient avec sa tête. Elle l'a fait. Même pas parce qu'elle était menacée, ou forcée, encore moins parce qu'elle en avait envie, elle l'a fait parce qu'elle n'avait pas conscience d'être abusée. Elle l'a fait par altruisme, par une sorte de bonté incongrue, candide, parce qu'on le lui demandait, comme on aide un vieil aveugle à traverser la rue, une B.A. complètement aberrante.

C'est moi qui ai mouchardé. Mouchardé comme on tire la dernière balle dans l'innocence d'une fille fragile, comme on donne le départ d'une course sans fin, avec des kilos et des kilos de vitre à vomir par terre en bordure de la route, parmi les décombres épars de l'enfance.

FAIRE VOLER LES PARAPLUIES

Dans un coin du vestibule, il fut un temps où on les voyait se pavaner en faisant la roue comme des paons de cirque, mais leur seul loisir consistait désormais à pendiller sans gloire aux crochets derrière la porte d'entrée, pudiquement refermés sur la moiteur de leurs plis. Les parapluies, de toute évidence, s'enfonçaient lentement dans la dépression : la saison froide approchant, quelques signes déjà laissaient pressentir les rigueurs de l'hiver, les précipitations neigeuses remplaceraient la pluie, et bientôt on n'aurait plus besoin d'eux, ils rejoindraient les sandales et autres accessoires estivaux dans l'obscurité d'un placard. Ça ne pouvait pas se passer comme ça. J'en ai eu assez de les voir rongés par la mélancolie, apathiques, et j'ai décidé de les emmener faire un tour avant qu'il soit trop tard.

J'ai donc pris en charge de rendre leur noblesse à ces parapluies, de leur procurer quelques instants d'émotion forte, fulgurante, comme on sort des petits vieux pour qu'ils s'éclatent une dernière fois et trépassent heureux. Je ne sais pas, je me sentais l'âme généreuse. Si tout le monde agissait ainsi au moins une fois dans sa vie, les parapluies seraient des objets beaucoup moins tristes, je crois.

Du haut de la falaise ventée au bord du fleuve, les armatures dépliées prenaient l'air et un bain de soleil. Je promenais mon troupeau derrière moi (il y en avait cinq, je me servais dans la boîte d'objets perdus du cinéma où je travaillais à l'époque en tant que placier). J'avais attaché les parapluies ensemble, les reliant par le manche à l'aide d'une solide ficelle, et j'avais fixé une nouvelle corde à la grappe ainsi formée. Je les maintenais à une distance raisonnable et les regardais s'ébattre avec une maladresse d'oisillons, leur laissant tout le loisir de ballotter au gré des courants erratiques. Ils se soulevaient mollement, balourds, traînassaient leurs pointes de métal par terre en crissant, puis dans un élan remontaient vers la cime des arbres, bandés comme autant de petites voilures hystériques, pour revenir se fracasser sur la terrasse avec un bruit sec et parfois quelque danger pour les passants que j'éloignais à grands gestes.

Ces étoffes-là n'avaient jamais connu que l'averse et les ciels gris, l'ennui des garde-robes et l'odeur de cosmétique des sacs à main, ces étoffes-là avaient servi, avaient été trimballées, ouvertes et refermées, mais on s'était toujours refusé à les considérer autrement qu'à travers leur fonction. À l'instant même, elles découvraient la folie du mouvement, l'adrénaline pure de l'altitude, elles renaissaient dans la grâce de l'impulsion et s'abandonnaient à la puissance grisante des éléments. Ces étoffes-là riaient, j'en étais sûr.

Le vent était bon, un nordet soufflait régulièrement en mugissant dans la vallée. Les parapluies s'étaient redressés et tiraient comme des molosses sur la corde que je tenais à deux mains, leur peau fouettée par les rafales : ils demandaient à partir, à s'envoler, à conquérir cet espace grandiose qui les appelait en sifflant. Dans l'inquiétude haletante d'une dernière volonté, ils réclamaient la liberté, cette grande liberté sauvage qu'ils désiraient tant embrasser, celle qui leur permettrait enfin de jouir de leurs ailes impatientes.

L'heure était venue. J'ai lâché le bouquet, qui a tourbillonné quelques secondes au creux d'une bourrasque, pris dans un nœud de tensions contraires, puis a décollé dans le ciel au-dessus du fleuve, basculant pour ainsi dire vers le haut tellement la poussée a été brusque et l'envolée verticale. Les parapluies ont bondi de plusieurs mètres dans l'atmosphère, déployés en quinconce, fabuleusement gorgés du vent du large. Les gens s'agglutinaient autour de moi, levaient la tête pour admirer cet immense albatros qui nous survolait, planant royalement dans les hauteurs ensoleillées. Il fallait mettre sa main en visière pour les voir évoluer sans être ébloui. Le restaurant de cuisine française, juste derrière nous, avait été gagné par une agitation inhabituelle : plusieurs clients en complet avaient interrompu leur repas et s'étaient mis debout pour suivre, à travers la vitre, l'étrange valse folle des parapluies.

Un caprice éolien les a fait redescendre en s'entre-choquant vers la surface de l'eau, puis ils se sont stabilisés et sont repartis dans une lente dérive qui semblait ne plus vouloir s'achever. En s'éloignant, ils devenaient de simples points courant se fondre à l'horizon, des taches noires perdues dans le contre-jour. Sur la terrasse et au restaurant, tout le monde retenait sa respiration, la bouche entrouverte, sans voix. Les parapluies ont titubé dans le vide de longues minutes encore en tournoyant, reprenant un peu d'altitude, ici et là, à la faveur d'une bouffée ascendante, mais c'était désormais sans grande conviction, avant de rejoindre définitivement les remous vaseux du Saint-Laurent.

LA LENTE ASSURANCE DES ESCARGOTS

PLUTÔT EMBARRASSANT, JE DIRAIS. Ce truc a l'aspect d'une tumeur et m'orne l'arrière du crâne depuis maintenant plusieurs années, rien de plus qu'un nodule, une accumulation de sébum sous le cuir chevelu, dont l'inélégance n'a d'égale que l'innocuité. On appelle ça une loupe et, bien qu'il s'agisse d'un kyste bénin, on procède généralement à son ablation chirurgicale pour éviter toute forme d'aggravation. La mienne a la grosseur d'une noisette et a échappé à l'opération, je ne sais pas pourquoi – par inertie, sans doute. Heureusement, j'ai le cheveu épais, ce qui fait qu'en public, ça passe encore assez discrètement. On ne voit pas : il faut toucher. On a beau savoir, on chercherait.

Exception faite de mes proches et du médecin de famille, la première personne à avoir tâté cette bosse occipito-pariétale, après son apparition soudaine lors de l'année de ma majorité, est ma coiffeuse. Elle me faisait un shampoing, en ce temps-là, et elle s'est arrêtée sec dans son mouvement, j'avais la tête renversée au-dessus du lavabo, les yeux mi-clos et les tempes assouplies par les rotations de ses mains expertes. Transcendé, j'allais m'envoler vers quelque royaume immatériel (j'adore me faire jouer dans les cheveux), lorsqu'elle a déniché l'excroissance, en a fait le tour du bout des doigts, curieuse, l'a tapotée avec l'ongle et a aussitôt retiré sa main en poussant un petit cri d'horreur, complètement dégoûtée. J'ai sursauté, gêné comme un adolescent surpris en train de se masturber, je ne savais pas comment réagir, alors je me suis séché la tête avec une serviette, j'ai présenté des excuses en alléguant un malaise et j'ai foutu le camp sans payer. Je n'y suis jamais retourné, évidemment, même si la boutique est située à deux pas de chez moi et que ce serait beaucoup plus simple que d'aller trois pâtés de maisons plus loin.

Et puis, avec l'habitude, j'ai appris à mieux aborder le problème lorsque la chose survenait. Je ne me laissais plus démonter, au contraire, j'avais toujours le premier mot en bouche pour décontenancer mon interlocuteur et retourner la situation sous un angle avantageux. Ça se déroulait dans l'intimité, bien souvent, avec des filles qui m'en veulent toutes aujourd'hui pour diverses raisons, toutes bonnes. Une paire de mains dans les cheveux, au beau milieu d'une expérience hautement suave, j'étais condamné à revivre perpétuellement la scène de la coiffeuse, avec la déconvenue qui l'accompagne et la répulsion qui en résulte. Le kyste découvert, l'index posé dessus comme sur le bouton rouge qui doit larguer les missiles, la fille éprouvait quelques secondes de perplexité : c'était là qu'il fallait attaquer.

Je me dégageais d'un bloc et lui déclarais, paniqué :

— Touche pas, c'est contagieux !

— Qu... quoi ? elle articulait.

— Une maladie rare, j'étais pourtant sûr de t'en avoir parlé. Dis-moi que tu n'y as pas touché, je t'en prie, dis-moi que tu n'y as pas touché !

— Mais...

— Eh meeeeerde! Cours te désinfecter les mains, vite! Ça va se mettre à te pousser sur les doigts, puis ça va te remonter le long des bras, dans le cou, sur la figure, partout.

Je mens particulièrement bien, même quand il s'agit de faire avaler des sottises pareilles, j'ai toujours eu la conviction du faux, ça me permet de garder un contact avec la réalité à travers l'ambiguïté des possibles. Le public en aurait eu pour son argent, s'il y avait eu un public à ces performances. Je n'aurais pas su dire exactement pourquoi je mentais, il y avait plusieurs causes. À vrai dire : je le faisais au jugé, d'une façon on ne peut plus naturelle et désinvolte, comme on transpire. La fiction, c'était un peu pour moi comme ces fissures qui zèbrent les murs au sous-sol : elles sont là depuis très longtemps, grugent progressivement le béton avec la lente assurance des escargots. On n'y peut rien, et d'ailleurs on n'y accorde pas une grande importance, mais elles s'insinuent dans tous les recoins et à la fin ce sont elles qui auront raison du bâtiment. Je mentais pour élargir la conscience du réel, comme un moyen de construire des perspectives. Le mensonge me servait à sonder la beauté des souterrains, à explorer les facettes cachées du prisme de la vérité.

Il y avait deux réactions possibles, deux mondes en attente de validation, selon que la fille marchait ou ne marchait pas. La première option était de loin ma préférée : ma partenaire me fixait en fronçant le sourcil, hésitait un instant et prenait le parti d'éclater de rire en débordant de partout, en éclaboussant les murs, le matelas et les meubles. Elle me frappait gaiement l'épaule et, soulagé, je lui glissais un clin d'œil complice en m'esclaffant de bon cœur avec elle. Les quelques secondes qui suivaient ne ressemblaient à rien de ce qu'on connaît : c'était l'éclosion du plus magnifique sourire que l'on puisse imaginer, avec des yeux illuminés par un mélange de connivence et de reproche, de malice et de rage, c'était le chaos de la clarté qui remplaçait la grisaille dans l'esprit d'une femme. Ça donnait envie de pleurer de joie, de tomber en pâmoison.

La deuxième option présentait tout autant d'intérêt, mais des conséquences plus graves : la fille tremblait des côtes dans un spasme, se mordillait la lèvre inférieure et ses yeux s'embuaient. En un éclair, à l'intérieur de sa tête, elle me construisait une agonie sur mesure, me voyait affaibli par les médicaments, reclus et purulent, menant une longue lutte où je m'avérais de moins en moins autonome face à l'adversité. Elle m'imaginait en accéléré, propulsé à plusieurs mois de distance dans le temps : j'étais mourant, puis décédé, allongé dans mon cercueil, les mains sagement croisées au-dessus de l'estomac, affublé d'un visage qui ne serait pas vraiment le mien à force de maquillage. Elle choisissait laquelle de mes photos illustrerait la rubrique nécrologique, esquissait un court paragraphe où on pouvait lire son nom au milieu des personnes laissées dans le deuil et s'interrogeait sur la robe qui conviendrait pour les obsèques – elle s'en achèterait une neuve, tiens, noire et échancrée, mais pas trop quand même. Dans le flot de ses pensées, elle s'apitoyait surtout sur l'image de sa propre souffrance, sur le malheur qu'elle devrait subir à travers mes épreuves personnelles, et non directement sur ma mort elle-même. Je la regardais dans les yeux et je ne lui en voulais pas, je savais que j'aurais fait la même chose – la douleur étant, comme toutes les émotions vives, foncièrement égoïste. Elle avait mal à mon absence, et je m'enfonçais irrémédiablement dans mon tunnel, croulant sous les kystes vénéneux dont elle me couvrait mentalement.

Je ne pouvais plus me sortir d'une telle situation sans créer un terrible orage, j'entendais la foudre approcher et je me protégeais avec les bras, le temps de parer les premiers coups. J'essuyais une salve d'insultes ordurières puis je laissais la tempête dériver, les projectiles retomber, la porte se refermer en claquant et le silence réinvestir son territoire. Il y avait quelques chaises à relever, le col de ma chemise à lisser, le verrou à tirer : sur le champ de bataille maintenant déserté, la vie pouvait reprendre son souffle, remettre en place ses morceaux et soigneusement panser ses plaies.

Je me demandais ce qu'il y avait d'affligeant au fait d'être condamné à ne jamais pouvoir porter les cheveux courts, sans systématiquement attirer l'attention sur cette indésirable tumeur. Je me demandais pour quelle ancienne mauvaise vie je payais, et quels crimes je devais confesser (s'il n'était pas déjà trop tard pour espérer une rémission). Je me fouillais l'encéphale : mais qu'est-ce que j'avais bien pu faire pour mériter cette grosse loupe derrière la tête ? C'était un mystère, je ne trouvais pas la réponse.

La bouche des garçons

Il y avait eu ce soir-là de désastreuses paroles échangées entre ma copine et moi, de quoi émettre sans difficulté le pronostic qu'on allait se faire la gueule pour le restant de la nuit. J'avais donc décidé de quitter le bar et de rentrer chez moi, sacrément bourré, à deux heures du matin et à l'autre bout de la ville. J'ai marché longtemps, très longtemps, confusément obsédé par mille soucis dont m'accablait une pseudo-lucidité éthylique.

Il commençait à crachiner quand le froid m'a saisi par les épaules et m'a planté ses longues épines sous la peau. Je suis allé me vomir dessus à l'abri d'un porche, près d'un rond-point où les voitures ralentissaient, leurs occupants ne sachant trop ce qu'ils devaient faire devant ce vagabond détrempé, tremblant, penché sans conviction sur la chimie de son dernier repas. J'étais lamentable. Le transport? Mais bien sûr! Et avant d'avoir conscience du mouvement, je me suis propulsé debout, ouvrant la portière du véhicule arrêté à ma hauteur. Plus par politesse que par entrain, j'ai conversé avec le conducteur, lui racontant au passage ma soirée (foirée), mes amours (chancelantes), mon humeur (noire) – le tout avec des accents de déprime non simulés. Puis, au bout de mes récits, nous sommes arrivés à la porte de mon appartement, qui m'a semblé bien triste cette nuit-là, et j'ai pris congé. J'ai dit merci, j'ai mis la main sur la poignée.

Mais le type ne l'entendait pas ainsi. Il a posé sa patte sur ma cuisse, m'a attiré vers lui et m'a embrassé comme j'aimerais l'être si je devais mourir dans la minute qui suit. C'était stupéfiant, je me sentais happé par le maelström de nos énergies conjuguées, nous avions trouvé ce point d'abandon où la beauté s'impose, soudés l'un à l'autre par ce chaos irradiant, nos visages fusionnés jusqu'à l'abstraction par une soif d'unité. L'inconvénient, vous voyez, c'est qu'il ne s'est pas contenté de ça : il a remonté ses doigts vers mon sexe et a fait basculer son siège pour être plus à l'aise. Dans son désir, il a voulu la sexualité, il a opposé au Un la dualité de nos individus. À cet instant, j'ai jugé opportun de mettre un terme à tout ça, j'ai débarrassé mon corps de ses membres, j'ai dit bonsoir puis j'ai filé sans demander mon reste.

Goûter les lèvres d'un homme : ça m'aura pris trois ans avant d'accepter une motivation aussi simple. Trois ans avant de comprendre clairement et d'assumer la part de plaisir que j'ai pu éprouver ce soir-là.

Au bout de la sève

Malade ou pas, j'aurais encore préféré qu'ils m'ouvrent le ventre et qu'on n'en parle plus. Qu'ils m'arrachent au plus vite cet inutile morceau de moi, absurde appendicule, en même temps que cette horrible douleur du côté droit. J'aurais pu repartir quelques heures plus tard, toujours sous l'effet de la morphine, avec mon petit organe dans un bocal. On l'aurait couché sur la planche à découper et on l'aurait haché menu pour l'incorporer à la sauce à spaghetti qu'on devait servir le soir même à nos convives au réveillon. C'était Noël et je prenais la poussière dans l'urgence d'un hôpital. La souffrance résorbait mon sens du réel, les heures s'étalaient autour de moi, enveloppantes, et j'avais envie de pisser.

Il y avait des gens empaillés étendus sur des civières tout autour de moi, et au lieu de sentir les pieds et la sueur, ça sentait la mort dans la pièce. Peut-être qu'on avait oublié quelqu'un sous une couverture, quelque part dans un coin reculé, et que cette personne avait discrètement rendu son dernier souffle à l'insu des infirmiers. L'odeur se promenait et mes narines en étaient remplies par bouffées à cause du va-et-vient des internes. C'était un peu dégueulasse, mais ça faisait remonter tout un tas de souvenirs familiers, des derniers jours de mon grand-père à ceux d'une tante terrassée par le cancer. Même que je parvenais à trouver quelque chose de réconfortant, de presque joyeux, à toutes ces images qui revenaient, parce que je pouvais croire que ces personnes étaient encore présentes, d'une certaine manière, au cœur de mes fibres nerveuses. Elles ressuscitaient grâce à un peu d'éther, au goût de l'eau servie dans un gobelet de carton et à une ambiance composée du bruit des machines et de quelques toussotements. Je revisitais un à un les hôpitaux superposés dans ma mémoire, et je réfléchissais à tous ces liens impalpables qui entrent dans l'art de se construire des vérités.

La dame à mon côté vagissait mollement, à intervalles réguliers. Je l'entendais respirer fort, avec difficulté, et ça m'énervait, mais je me retenais de lui adresser la parole : il s'agit d'une pudeur élémentaire à l'hôpital, au risque d'embarquer dans le récit d'une constipation chronique ou dans la narration-fleuve d'un patient valétudinaire. On ne sait jamais les pourritures qui ambitionnent de voir le jour, ici, et qui menacent de s'incruster dans l'existence d'autrui, alors mieux vaut se taire, s'effacer et espérer s'en sortir le plus rapidement possible.

Ceux qui ne doivent pas succomber à leurs malaises dans la prochaine heure sont dirigés vers la salle principale : il sont des dizaines, assis sur des bancs contigus, s'échangeant leurs divers microbes tout en feuilletant d'un air absent des magazines posés en tas sur les tables. Le mélange des parfums rappelle ces désodorisants pour les toilettes dont l'odeur seule finit par évoquer la merde. Un téléviseur est suspendu au plafond près de la machine à café, mais personne ne le regarde. Assis sur une chaise entre ses parents fossilisés, un enfant pleure en claquant des mâchoires, les réceptionnistes bourdonnent sur un ton neutre, quelques silhouettes circulent vaporeusement dans leurs blouses blanches : distinguer les vivants des trépassés n'aura jamais été une entreprise aussi délicate.

J'éprouvais des déchirements, des broiements dans la région de la fosse iliaque droite, et la douleur irradiait dans tout l'abdomen, me coupant tant l'appétit que le sommeil. C'était pénible. J'avais été trié aux urgences majeures, ce qui représentait quand même un privilège considérable, et j'en soupçonnais plusieurs, dans la première salle, d'être prêts à m'acheter cette place à prix d'or si je leur en offrais la possibilité.

Vers quatre heures du matin, ce jour-là, plus moyen de fermer l'œil. J'avais le sentiment de m'être pris une mauvaise cuite, sauf que cette fois ça ne passait pas : rien à faire. Je m'agitais et me retournais sous les draps, victime de nausées et les tympans comme renfoncés au fond des cavités auditives. Quelque chose semblait avoir explosé à l'intérieur de mon estomac et ça m'était remonté jusque dans les oreilles : un bruit aigu et prolongé, qui allait en s'amplifiant, comme un jet de vapeur. Ça faisait un vacarme inouï, insupportable, je me comprimais la boîte crânienne à deux mains pour l'étouffer et ça s'est finalement calmé dans le taxi, alors que les crampes, quant à elles, redoublaient d'ardeur. Je me tordais sur la banquette arrière et je voyais le chauffeur transpirer en me demandant si j'allais tenir le coup. Je lui ai répondu par un signe de tête un peu crispé qui se voulait rassurant, ce qui l'a aussitôt fait accélérer.

Le docteur a palpé mon ventre avec une insistance sadique, comme pour le plaisir de me tirer des grimaces, puis il a posé les questions d'usage. Il a ensuite observé quelques secondes de silence avant d'émettre un imperceptible bruit avec sa bouche, ce petit son des lèvres humectées qui se décollent, et de m'annoncer posément qu'il faudrait se préparer à une opération d'urgence. Moi ça me convenait, Allons-y, je lui disais, mais il devait auparavant me faire passer les examens qui confirmeraient l'inflammation de l'appendice, puis me brancher au soluté.

Les piqûres me font un peu mal et il y a bien une légère appréhension au moment où la pointe me pénètre la chair, mais je suis loin de l'angoisse phobique. Le pincement sur la peau, l'aiguille qui s'enfonce dans la veine et les défenses qui cèdent, laissant circuler les fluides : tout ça possède d'ailleurs une symbolique érotique qui ne me déplaît pas. J'aime suivre le déroulement du cérémonial, je me concentre sur les sensations, sur les ondes qui envahissent la zone et contribuent à une sorte d'orgasme cutané local. Pourtant, après une dizaine de tentatives de la part des infirmières, j'ai dû me rendre à l'évidence que mes réactions dépassaient de loin le domaine, misérablement restreint, de ma volonté.

Diane a essayé à quatre reprises de m'installer le soluté, elle répétait avec indolence : Tu as les veines fuyantes, c'est fou ce que tu as les veines fuyantes. Puis Francine est venue en renfort (échouant à ses trois tentatives), suivie par Monique qui s'est acharnée sur moi quatre nouvelles fois avant de réussir. Je gisais dans ma civière, des trous plein les bras, le stress me raidissait les mains au-dessus de la poitrine et les trois femmes me scrutaient en échangeant des propos à mi-voix. J'étais incapable de bouger, complètement paralysé, le corps contracté par des forces que je ne contrôlais pas. Il a fallu une grosse dose de calmants et plusieurs minutes pour que la résistance disparaisse et que je puisse à nouveau remuer les extrémités. La tête légère, je me suis alors effondré dans l'équivalent éveillé d'un sommeil sans rêves.

Les résultats de la prise de sang, du test d'urine et des radiographies n'ont rien révélé d'anormal. Le docteur se grattait le crâne en consultant mon dossier. J'ai été transporté à l'étage pour une échographie, mais là non plus aucun diagnostic n'a été établi. Je me sentais engourdi et je regardais avec suspicion l'écran où il me semblait distinguer une petite forme avec des cornes sur le front. Mon cerveau flottait dans un espace sous-marin, je nageais béatement sous cette infime pellicule qui sépare la lucidité du délire.

Plutôt que d'en être soulagé, j'ai ressenti un obscur dépit quand le docteur m'a dit que je pouvais rentrer chez moi. Puisqu'il ne trouvait rien, j'étais renvoyé à mes angoisses et je n'avais qu'à revenir si la douleur persistait, c'est à peu près ce qu'il m'a déclaré. J'éprouvais un terrible inachèvement et je me suis demandé subitement si je n'avais pas tout inventé, si l'hôpital n'était pas qu'un moyen, à la fin, pour renouer avec l'incomparable tranquillité du tombeau en ce jour de Noël. Ce truc, à l'intérieur, il me ferait probablement hurler jusqu'à ma dernière heure, sans jamais sortir, planqué là comme un magma fondateur, indétectable malgré tous les efforts des meilleurs médecins. Je ne pouvais pas m'en débarrasser, je comprenais que c'était ma vie elle-même qui en dépendait, je comprenais que dans les profondeurs du dedans, ce truc me regardait avec une expression figée, l'air de dire : Tout va bien, on va rentrer ensemble à la maison et on va apprendre à mieux se connaître, tous les deux.

L'ODEUR DES AUTOBUS SCOLAIRES

On n'y a pas mis les pieds depuis un temps qui nous apparaît comme un demi-siècle. Un temps qui nous suture l'enfance dans ses derniers cris, qui nous pousse hors des chiffres, qui nous prend par la peau du cou et nous conduit jusqu'ici, maintenant, à cette seconde sans fond qui n'a qu'un seul visage. Un temps comme ça l'est toujours quand on pense au passé : une sorte de vaste étendue où on cherche en vain des repères, un temps qui s'allonge comme une ombre au crépuscule, comme une fille sans amour sur des draps rouges, quelque chose qu'on pourrait avoir envie de fuir mais qu'on garde avec nous, fatalement, et qui nous rappelle que c'est au présent qu'on avance. Au présent qu'on meurt.

On n'y a pas mis les pieds depuis très longtemps, et soudain, parce qu'on s'est immobilisé à la droite d'un autobus jaune au feu rouge, notre mémoire réanime tout un pan de la réalité. On grimpe les deux marches en rejoignant d'un bond l'écolier rêveur qui nous habite le fond de l'œil, et tout de suite ça nous revient, ça nous saisit : l'odeur de cuir des autobus scolaires. Une odeur de soleil tartiné sur les bancs brûlants, ces mêmes bancs où on rangeait jadis sans difficulté trois paires de fesses. Des relents d'humidité et de bourre moisie, une odeur de craie dans les vêtements, de gazon sur les genoux et de sang dans la bouche, avec les dents qui manquent et les sourires troués. Une odeur de classe verte, assis au-dessus de l'essieu arrière pour amplifier les cahots, avec tout un répertoire de chansons idiotes à déballer, des chansons pour les gamins de notre âge, pendant les trois heures et quart du trajet ou jusqu'à ce que le chauffeur nous crie de la fermer. Des comptines joyeuses, avec des pauses pour dégueuler et deux ou trois mouflets posés près de l'enseignante, dans la première rangée, livides et silencieux. Une odeur obsédante de transport, de mouvement et d'énergie aliénante, comme si les autobus jaunes avaient le pouvoir d'exalter la matière des rêves, de faire vibrer les parois de l'imaginaire jusqu'au degré d'ébullition. Une odeur qu'on enferme dans un écrin avec nos espoirs de marmot, qui devient la mesure du fossé entre nos ampleurs et nos lâchetés. Une odeur que j'ai remplacée par celle de ton sexe sur mes doigts, un parfum qui reste dans la bouche, longtemps, comme la saveur sucrée du passé, le goût des jours dont le meilleur se boit à la coupe.

LE TÉLÉPHONE

En général, le téléphone ne sonne pas. On s'y habitue. Pourtant, il y a toujours une sorte d'appréhension avec le téléphone, on sait qu'il peut retentir n'importe quand, à l'improviste. Il ressemble à un petit animal sauvage blotti dans son coin, léchant ses griffes, sournois, faussement indifférent, guettant le bon moment pour nous surprendre et nous sauter à la gorge. Le combiné repose sur son socle, sûr de lui, de ses pouvoirs, à l'origine de cette tension qui gagne tous les nerfs du corps. Mais le téléphone demeure impassible, rien ne sort de sa bouche perforée. L'horloge de la cuisine égrène lentement les heures et la pensée se perd dans les épaisses voilures du silence.

Parfois, le téléphone sonne. On sursaute légèrement, on se tourne vers la bête soudainement tirée de sa léthargie – mais on y répond rarement. On se contente de laisser l'appareil résonner dans l'appartement, avec une anxiété qu'on s'explique mal – se demandant qui ça peut être, à cette heure, la raison de l'appel, son importance –, et l'inquiétude grandit, on ne parvient plus à décrocher notre attention du timbre hypnotique. Puis, comme elle est apparue, la sonnerie cesse de retentir : le cri, un long moment après, flotte encore dans l'air stagnant du logement, en une sorte de surimpression auditive, de persistance sonore étrangement réelle, une brèche qui ravale la mémoire des possibles comme un trou noir. On attend quelques minutes que la déchirure se referme, que notre pouls reprenne son rythme normal. Quelques minutes, afin que la solitude revienne se poser sur les meubles, et on vérifie si la boîte vocale contient un message. La plupart du temps, il n'y en a pas.

Le lait et le sucre

Le réveil s'ébroue et soudain les choses ne sont plus douces et duveteuses : la réalité est toujours un degré plus âpre, plus rugueuse que le rêve. Le matin, les sens reprennent du service, le monde retrouve le contour de ses imperfections. Ça sent le renfermé dans la chambre, le soleil déchire les stores vénitiens à grands coups de couteau, je regarde Manon étendue à côté de moi, avec les yeux qui me flottent derrière les cornées et les narines qui se dilatent. Elle grogne muettement, s'agite sous les draps en décollant à l'aide de ses mains les dernières croûtes du sommeil sur son visage. Elle est belle, Manon, mais je ne lui en fais pas la remarque. Pas maintenant. Pas souvent.

Je sors du lit avant elle. J'ai le temps de prendre une douche et, quand la buée recouvre le miroir de la salle de bains, je la rejoins à la cuisine. Le café est prêt, noir, brûlant, versé au ras bord d'une tasse en porcelaine. Je pose mes paumes à plat sur la tasse et me concentre sur les points de contact, je savoure la brève contraction des muscles de l'avant-bras, la chaleur qui pénètre les pores comme des milliers d'aiguilles. La brûlure est enveloppante, exquise, étrangement agréable.

Manon s'active derrière le comptoir, me sourit avec cet inexplicable entrain qu'elle sait mettre dans les choses banales et me demande si j'ai bien dormi. Mais le matin, je ne parle pas beaucoup. Je me contente de marmonner quelque chose, des bruits sans signification, évitant de m'engager sur une piste de réponse et repoussant ainsi le moment où la volonté reprend le dessus sur la calme langueur du monde. Elle hausse les épaules.

L'aube et l'esprit m'ont toujours paru liés dans leurs secrets, conjoints dans l'émergence progressive du jour et de la conscience, lente ascension fondue dans la trame des heures de l'avant-midi. On ne vient pas au monde sans douleur, et le retour à la vie, après une absence de huit heures, implique une phase de combat tranquille contre l'engourdissement de la nuit. Se frayer un chemin jusqu'à la lumière, au loin, reprendre le dessus, s'extirper de la fange épaisse des ombres et devenir l'incarnation convaincue de son destin, une fois de plus. Revêtir pour la journée ces habits tissés d'habitudes et du regard des autres, ceux-là mêmes qu'on trouve un peu usés aux coudes, ces habits dont on s'est laissé couvrir quelque part dans le passé et qui ne veulent plus se retirer, comme une combinaison en tergal moulant trop ajustée.

Il est neuf heures quinze. On peut encore choisir de rester dans ce rythme ralenti et ne rien entreprendre de la journée : on retournerait alors se coucher, Manon et moi, on ferait l'amour plusieurs fois, le monde s'effacerait à l'extérieur et on jouirait de la plénitude de notre désœuvrement. Elle me tourne le dos, je regarde bouger ses omoplates. Le matin semble derrière lui-même, un peu en retard sur son programme. Puis c'est à cet instant que j'ai un flash : entre mes mains, le café n'est plus du café et les vapeurs qui montent en spirales se transforment en quelque chose de beaucoup plus dangereux. Je tiens un flacon d'acide chlorhydrique. Là, devant moi, ce matin, vous avez bien vu : un flacon d'acide. La scène qui suit se dessine d'elle-même, sans me demander mon avis : dans un premier temps, j'interpellerais Manon pour faire en sorte qu'elle pivote vers moi ; ensuite, dans un mouvement théâtral et précis, je lui balancerais la totalité du liquide à la figure. En dix secondes, tout serait joué : la peau carbonisée, la bouche ouverte dans un cri de stupeur, le corps convulsé, les mains tordues sous les spasmes, l'horrible émanation de la mort en action. Il y aurait cet inconcevable crime que je viendrais de commettre, et je serais là, pantelant, sans savoir comment réagir, avec d'atroces élancements dans la cervelle. Sans savoir s'il me faut hurler, quitter la ville ou continuer la journée comme si rien ne s'était passé.

Dans ce flash, c'est comme si je réalisais qu'avec la mort les choses ne se terminent pas, que le deuil est précisément ce qui refuse de finir avec le départ, ce qui reste de l'arrachement à l'autre, l'expérience intime de cette douleur mêlée à la découverte d'une nouvelle quiétude. Infinie, celle-là. Manon se plante devant moi :

— À quoi tu penses ? qu'elle me fait.

Je balaie l'air avec le plat de la main, dans un geste bref, le regard fermé : le matin, je ne parle pas beaucoup. Elle s'assoit et verse des céréales dans un bol. Elle ajoute du lait, trop de lait, immerge les flocons et redresse le carton lorsque le bol va déborder. Je la regarde en inclinant la tête : elle sourit tristement. Le matin s'emplit du silence des signes et le langage n'y peut rien. Je me ferais momifier ainsi.

Avant de sortir, je me pencherai au-dessus de la table pour l'embrasser. Je poserai mes mains parmi les miettes des images de nous, brouillerai le présent de mes longs doigts distraits et quitterai son appartement sans me retourner.

Ses lèvres avaient un goût de lait et de sucre. J'y repenserai lorsque je serai sur le trottoir.

Les monuments invisibles

La première fois, on s'est laissé dire que ça fait plutôt mal. Ça frotte un peu, sur les côtés, juste là, et puis ça tire, ça se tend vers l'intérieur et ça déchire, d'un coup. On a beau s'y préparer, savoir la douleur, l'instant où il faudra serrer les dents, gémir plus fort, on a beau connaître tout ça, ça ne change rien au fait qu'on aura mal, précisément là où on nous a dit que ça devait faire mal. Le genre de chose inévitable, contre quoi ce n'est même pas la peine de râler, le genre de chose qui arrive et dont on s'accommode comme on peut, avec ce courage d'apparat qui accompagne si bien les fatalités.

La première fois, on ouvre une porte qui laisse fuir les symboles, qui les aspire avidement comme un trou noir et qui nous précipite vers l'avant dans le mouvement accéléré de l'expérience. On quitte alors notre peau d'enfant, pour toujours, pratiquement sans y penser, tels des vêtements qui ne vont plus et qu'on entasse dans un sac à ordures pour les donner à un organisme de charité.

Dans quelques décennies, lorsqu'on sera assis sur le perron d'une vaste maison blanche où il y en aura plein des comme nous, pas vraiment malades mais plus tellement en santé, on se remémorera nos premières fois en ricanant, comme si ces choses-là ne nous concernaient plus. On se trouvera un peu con, on s'apitoiera pour la forme, puis on se répétera que la fin est proche et on en aura les yeux mouillés, pour ceux qui en seront encore capables. On se dira que la mort s'en vient tranquillement nous chercher, morceau par morceau, minute par minute. On pourra penser ça ; on pourra le penser, mais ce sera faux, car les vieux n'attendent pas la mort, ils en filent indéfiniment les prémices, réécrivant une finale qui chaque jour s'étire. Les vieux n'attendent pas la mort car ils ne font qu'un avec le temps qui passe, présents non seulement à eux-mêmes mais à l'étendue qu'ils contiennent.

La première fois, on est loin de se douter que l'importance des choses réside en fait dans l'ultime séquence, dans ce point culminant de l'expérience humaine qui achève le cycle. On est loin de se douter que la dernière fois suffit à jeter la lumière sur une vie entière et à en redéfinir les ombres, qu'elle est celle qui ramène les symboles à l'intérieur de l'esprit et referme la porte derrière, celle qui permet, enfin, de nous écrouler sur les monuments invisibles que nous aurons construits.

Un air d'agonie

La vieille voiture dans la cour n'attendra que ça. Il fera beau, de rares nuages, une température parfaite. On aura quinze jours devant nous, quinze jours pour oublier qui on est, pour changer de ciel et s'inventer des terres à notre mesure, des terres à conquérir pour jouir de nous jusqu'aux péninsules. Quinze jours pour flirter avec l'Amérique des routes perdues, pour se choisir un fossé au fin fond du Massachusetts et y jeter la bagnole. On dévalera les veines du continent sauvage, lancés vers l'hémorragie à l'allure d'une rivière aux digues rompues, la carte déployée sur tes cuisses, le pays jusqu'aux genoux et le bonheur qui fait le reste. On sera fous de la vitesse de nos visions, fous de les voir s'écraser avec autant d'enthousiasme contre le pare-brise. On s'arrêtera au *car-wash* d'un village qui n'existera que pour ça, on fermera les vitres et on regardera les éclaboussures de moustiques disparaître sous les jets et les brosses géantes.

Il y aurait eu l'évier de la cuisine à réparer, les chambres à repeindre, le ménage de l'appartement… mais, à bien y penser, ça pourra attendre – ça attendra. On aura fait nos bagages rapidement, oubliant la moitié des choses qu'on aurait voulu emporter. Le lecteur cassette fonctionnera encore et on aura ressorti du coffre à gants des chansons d'une autre époque, qu'on s'amusera à hurler dans le vent des fenêtres ouvertes. On se gardera aussi des moments de silence où le défilement hypnotique des poteaux de téléphone nous absorbera. Rien de plus. Tu seras ma Lolita et rien d'autre.

La voiture nous paraîtra bruyante sur les chemins déserts (même à l'arrêt, elle continuera de faire du bruit). On montera la tente dans le noir d'un champ jaune, on y fera l'amour longuement, avec l'odeur de moisi de la toile et le tapis de sol qui dérape. On sourira en pensant qu'on aurait pu être dans un motel, sous la lumière laiteuse d'une lampe avec abat-jour, une Bible rangée dans le tiroir de la table de chevet et l'air conditionné qui nous assèche le palais. On aura quinze jours à tuer sur les routes de l'Amérique, et pas l'intention de laisser le moindre témoin derrière nous.

LE POTENTIEL SÉDUCTEUR
DES PETITS GÂTEAUX

Il ne faut jamais sous-estimer le potentiel séducteur
des petits gâteaux. Ça peut sembler bête dit comme ça,
hors contexte, mais il faut comprendre qu'il y a tout
juste deux heures, cette idée ne me serait jamais venue
à l'esprit. Alors voilà, je la fixe noir sur blanc avant
qu'elle se dissipe et disparaisse dans l'oubli le plus
complet. Je trouve qu'il y a un charme enchanteur à
commencer un texte de cette façon-là : Il ne faut jamais
sous-estimer le potentiel séducteur des petits gâteaux.
Un charme qui s'éclaircira, graduellement, et qui, à la
fin, prendra tout son sens, il suffit simplement d'être
un peu patient dans cette histoire de petits gâteaux.

L'action se déroule donc deux heures plus tôt. Sous
un ciel laiteux, l'autobus file vers le supermarché.
On est plusieurs à descendre à l'arrêt : on doit faire
attention, et ça avance lentement, car juste en bas de
la marche, entre le véhicule et le trottoir, il y a une
énorme flaque d'eau crasseuse. C'est toujours comme
ça au printemps, quand la neige décide de fondre,
il faudrait sortir avec nos bottes en caoutchouc et
notre imperméable, histoire de pouvoir se promener
en ville malgré les carrefours inondés, sans craindre
constamment d'être éclaboussé par une voiture. Mais

on n'y pense jamais, l'imper demeure dans la penderie, alors on endure sans rechigner (il faut dire qu'elles ne sont pas très esthétiques, ces combinaisons jaune serin, et ne suscitent pas une utilisation spontanée).

C'est jeudi. À l'épicerie, ce jour-là, il y a toujours un tas de gens, beaucoup plus que d'ordinaire. Je suppose qu'il s'agit d'un bon temps pour les courses : peut-être parce qu'il n'y a rien à la télé le jeudi, ou bien parce que les produits frais sont livrés le matin même, ou encore parce que c'est jour de paie et que les comptes bancaires sont pleins, les frigos vides, l'équation simple.

Quoi qu'il en soit, je suis là et j'inspecte les paniers en vue d'effectuer un choix éclairé, je fais bien gaffe à ne pas tirer celui avec la roulette handicapée et grinçante. D'une nature apparemment anodine, le chariot d'épicerie est tout de même appelé à devenir le compagnon de la prochaine heure, il faut donc agir avec discernement et savoir élire le bon parmi la meute. Je laisse mes mains s'arrêter sur le guidon d'un rutilant modèle de l'année, composé de matière plastique chromée et muni – net avantage sur les anciens spécimens en aluminium – d'un roulement à billes autolubrifiant.

J'évolue d'abord en reconnaissance, procède à un tour rapide du rayon des fruits et légumes, puis me dirige vers le comptoir des viandes, repère deux ou trois réductions intéressantes et tente d'accrocher le regard de quelques clientes fugitives. Je me sens difficilement à ma place dans une épicerie : avec toutes ces choses que je n'achèterai jamais, tous ces produits raffinés que je ne connais pas et toutes ces marques qui bariolent les emballages. C'est un monde auquel je ne saurai jamais appartenir, un monde qui me donne l'impression d'être totalement inapte, et j'adore ça. Je déambulerais des heures dans les allées sans me lasser, perdu, poussant mon chariot avec une fausse désinvolture, reniflant l'odeur des épices et celle du fréon dans les surgelés, observant la nuque dégagée des femmes dans les files d'attente. Je pourrais passer mes journées ici, croiser la mère de chacune de mes anciennes copines et piller sans vergogne les stands de dégustation. Je laisserais mon panier aux mauvais endroits, au beau milieu du chemin, discuterais de sport avec les emballeurs et me ferais expulser vers l'heure de fermeture par la gérante de l'établissement, une femme d'âge mûr que j'essaierais vainement de corrompre à coups de clins d'œil et de sous-entendus.

La liste récapitulative que j'ai préparée reste dans la poche de mon pantalon et, dénombrant les articles sélectionnés, je constate que je n'ai rien omis des emplettes prévues : j'en éprouve un pincement de fierté, comme une infime victoire de mes facultés mentales et de mon sens de l'organisation sur mon désordre existentiel. Je flâne encore quelques minutes parmi les conserves, parcourant à nouveau les produits laitiers, retardant le moment où je devrai me rendre à la caisse. J'arpente les allées avec un sentiment de bien-être décalé, installé dans cet écart du temps ouvert sur l'errance, sur le flottement, une fois que la tâche en cours est accomplie et que l'on se permet de reculer indéfiniment l'exécution de la suivante. Du temps volé, gagné en catimini sur le rythme effréné de la consommation, du temps qu'on aimerait bien entreposer en vue des périodes de stress, mais dont on se contentera, à défaut de pouvoir le remiser où que ce soit, de savourer chaque seconde.

Quand les allées sont libres, je m'amuse à exécuter de petites acrobaties avec mon chariot. Je me donne des élans avec les jambes et bondis sur l'essieu en braquant mes bras contre le guidon, le bassin brusquement convulsé vers l'avant. Je plane ainsi sur quelques mètres, ce qui me ramène à quand j'étais mioche et qu'on faisait des courses dans le stationnement du supermarché, ma sœur et moi, quand on jouait à Police voleur dans le quartier et qu'on se croyait encore immortels. Je ne me suis jamais blessé, à cet âge, en dépit des nombreux avertissements de ma mère; je me demande pourquoi, par quelle ironie, ça m'arrive aujourd'hui, quelque vingt ans plus tard. Je ne blâmerai pas la roue, ce serait trop facile (elle se trouvait d'ailleurs en parfait état de fonctionnement, j'avais bien vérifié), mais suspecterais plutôt une faille vicieuse du plancher, ou simplement un déséquilibre momentané de tout l'assemblage en mouvement. Toujours est-il qu'au fin bout du coin boulangerie, négociant le virage menant aux pâtisseries, je perds pied et m'affale lourdement dans un étalage de petits gâteaux frais, le maxillaire inférieur violemment stoppé dans sa trajectoire par la barre transversale du guidon. Ça fait chtlok! (amplifié par les parois du crâne), et un remue-ménage complexe de bruits secondaires que je perçois comme si j'étais sous l'eau. Ce genre d'événement, dans l'instant où il advient, sait faire regretter que la vie ne soit pas qu'un vaste spectacle et que le rôle d'acteur qui nous est imparti ne vienne pas avec l'insensibilité grotesque des personnages de dessins animés. Mais non, la réalité possède plutôt, dans le cas présent, la consistance du plastique rigide et c'est non sans une certaine philosophie que ma mâchoire s'y fracasse. Tout ça est péniblement réel.

Je me mords la langue en tombant, j'ai les dents qui s'entrechoquent et les gencives qui manifestent la subite envie d'imploser. Ce n'est pas la souffrance que je constate en premier, bizarrement, mais les petits gâteaux écrasés sur mes vêtements. Il y en a sur ma chemise, sur mon pantalon, des traces de glaçage partout, et j'ai l'idée déplacée de tendre le doigt pour goûter la pâte sucrée : vanille, fraise, chocolat, sirop d'érable, hmmmmm. Mais je ne vais pas au bout de cette velléité, puisque je prends conscience à cet instant du sang qui jaillit en longues coulisses sombres sur le sol et de la douleur aiguë qui se diffuse dans ma bouche, comme si j'avais croqué des lames affûtées.

Tous les regards convergent sur moi, et il se trouve au moins une dizaine de personnes pour accourir sur les lieux de l'accident, poussés par cette avidité malsaine qui nous envahit face au malheur des autres. On me redresse, on me balaie les vêtements du revers de la main (étendant encore un peu plus ces saletés de petits gâteaux), on me pose des questions, ça va, ça va aller, merci. Je m'essuie la bouche, essayant tant bien que mal de contenir l'hémorragie, et vais aux toilettes me mettre de la glace. Devant le miroir, accoudé au lavabo, il ne m'est pas difficile d'admettre que j'ai mauvaise mine, et je me sens ridicule, risible et mal en point. De telles mésaventures s'enfoncent profondément dans la pâte de nos expériences, la mie des souvenirs gardant ce goût amer de l'humiliation, un goût avec lequel on vieillit et auquel on finit par s'attacher, lieu de reconnaissance pour la mémoire érodée.

Pendant le repas, j'ai l'air con avec ma mâchoire bleue. Ma copine me dit, mi-figue, mi-raisin : Pourtant, ça s'agence assez bien avec les carreaux de la nappe. Puis elle se lève, fait le tour de la table sans prononcer un mot d'explication et s'arrête à mes côtés. Elle incline la tête, approche ses lèvres de mon cou et me file un grand coup de langue, appuyé, passionné, langoureux. Il y avait du chocolat, elle dit. J'essaie de sourire, mais ça fait mal. Et ça doit plutôt ressembler à une grimace.

LA FARINE DE L'EXISTENCE

On a bouffé les perruches ce midi et ça goûtait un peu le blanc de poulet. On s'est demandé si c'était puni ce genre de chose. Si on allait cesser d'être égoïstes un jour. On s'est demandé pourquoi on s'en foutait, combien de temps on pourrait tenir sans gagner un sou et jusqu'où on se rendrait en marchant sur les genoux.

On est allés prendre un café noir sur la terrasse d'un resto chic et on est partis sans payer. J'aurais cru que ce serait moins facile, mais on s'est tirés et ça a été tout. Ensuite, on a acheté un vingt-six onces de whisky qu'on a bu avec un groupe d'ivrognes sur le parvis de l'église. On s'est demandé pourquoi les gens du milieu des Lettres nous invitaient encore à leurs lancements et dans leurs réceptions. Il n'y avait aucune raison, vraiment. On se moquait d'eux la plupart du temps et ce qu'on faisait le mieux, c'était boire du vin pendant qu'ils discutaient de la critique d'un bouquin qu'on ne lirait jamais. On s'est dit que nous, on avait autre chose, qu'à l'instar de bien des gens, oui, on aurait aimé se distinguer en tant qu'individus, mais qu'on parvenait mal à s'affirmer. Que ce qui échappait à tout le monde, finalement, c'était peut-être cette capacité de se rouler dans la farine de l'existence et d'avoir des sensations, d'en avoir autant, comme des doigts de femme dans les cheveux. On parlait de n'importe quoi, les gens nous regardaient parce qu'on les regardait en parlant, et nous on avait l'air d'avoir fumé de la drogue parce que personne ne comprenait rien. Mais on avait toute notre tête.

Le soir, plutôt que d'aller au cinéma parce qu'on s'emmerdait, on a dit tout haut ce qu'on voudrait avoir. Tu as dit : Je veux qu'on me ramène un père, je veux apprendre à pleurer, je veux que tu me parles plus souvent. J'ai dit : Je veux me débarrasser de cette peur qui m'enchaîne aux choses que je connais, je veux changer la vie de quelqu'un, ta vie à toi, je veux te rendre heureuse. Puis tu as murmuré, la gorge serrée : Charles, je veux avoir un enfant.

On a ouvert une nouvelle bouteille et on s'est renfoncés de quelques centimètres dans les coussins du divan. J'ai rempli les coupes, j'ai posé la main sur ta hanche et on a repris la conversation comme si tu n'avais rien dit. Peut-être que tu n'avais rien dit.

LE CHIHUAHUA

LE SEUL DÉTAIL QUI râpait AVEC TOI, c'était ce petit chien que tu traînais partout. Sinon, tout allait plutôt bien. On buvait du jus d'orange le matin en se grignotant les yeux, on allait faire les courses ensemble, on dînait chez tes amies et ta mère venait parfois passer l'après-midi en ville. On avait même des projets communs à partir desquels on s'échafaudait tant bien que mal une sorte d'avenir. On s'aimait, quoi ; comme on peut s'aimer quand on n'a pas vraiment idée de tout ce que ça implique. Avec cette confiance absolue et un peu idiote de ceux qui ne se sont pas encore cassé les dents sur le pavé des trahisons. Mais ça viendrait.

Toujours est-il que l'animal, un chihuahua nerveux et désœuvré bourré de stéroïdes, plantait ses pattes au cœur de la danse dès qu'il sentait que l'ambiance tournait aux échauffements. Il n'attendait pas les premiers gémissements que déjà il cherchait sa place à l'intérieur de la chorégraphie, mêlant ses griffes à tes coups de reins et ses longs feulements aux tiens. Mais j'atteignais rapidement mes limites, je l'empoignais par la peau du cou, étrangement élastique, et le tirais contre le mur en lui criant :

— Putain, dégage de là, sale bête !

Il baissait les oreilles, laissait fuser un couinement mélancolique et repartait mâchouiller le string qu'il raflait mine de rien au passage. Il s'installait dans un coin de la chambre et suivait notre ballet avec ses grands yeux jaunes qu'on aurait dits d'un commentateur érotique, prêt à nous balancer toute sa glose luxurieuse d'une voix suave de baryton qu'on lui imaginait sans peine. Une voix qui faisait vibrer la pièce, qui empruntait le *subwoofer* pour un effet de cinéma maison et que même les voisins d'en bas entendaient, une voix qui vous enveloppait le corps d'une onde d'excitation déferlante. Il savourait en fin connaisseur l'art des préliminaires, tous ces éléments qui sont le côté spirituel de la chair : la splendeur de tes seins blancs dressés dans la pénombre, le galbe de tes jambes entrelacées aux miennes, nos corps luisants de plaisir. C'est en hochant lentement sa gueule de faune qu'il approuvait la scène.

Quand tu venais me voir au travail, je disparaissais subrepticement du plancher et je t'emmenais dans les dédales de l'arrière-boutique. On y trouvait la paix un instant, on se retirait de la meute agitée des clients et on s'installait dans l'isolement précaire des cloisons, on appuyait sur la touche PAUSE et on se développait notre propre cinéma. Mais il ne fallait pas faire de bruit : je te coinçais entre deux étagères, parcourais ton corps sur la pointe des doigts et joignais fermement mes lèvres aux tiennes pour t'empêcher de rire, de crier, car les gens circulaient tout près de nous, juste de l'autre côté. Je rêvais de t'ouvrir le ventre et de plonger mes mains à l'intérieur pour sentir la chaleur de tes entrailles, lâcher mes fauves et chercher en toi le dénuement, les racines de la vie. J'avais des envies irrépressibles de te donner des orgasmes multiples, puis de te laisser pour morte à côté du coffre-fort, complètement vidée, avec ton chihuahua qui passerait compulsivement sa langue sur ton visage en gigotant d'incompréhension. Mais le patron n'apprécierait probablement pas ça.

Le gros rat – il s'appelait Chip – devait être conduit chez le vétérinaire à quatorze heures trente : taillage des griffes et examen général annuel. Tu m'avais appelé en catastrophe le matin même pour m'informer qu'un remplacement de dernière minute t'empêcherait d'y aller : tu comptais sur moi – je serais un *ange* – pour m'en charger, d'accord ? Je n'étais évidemment pas très chaud à cette idée, n'éprouvant aucune affection particulière pour la bestiole maigrichonne qui me serait confiée, mais de tels services ne se refusent pas aisément. J'avais beau me secouer les turbines, je ne trouvais pas le prétexte qui m'aurait permis de me défiler sans conséquence, alors j'ai finalement accepté en disant : Oui, bien sûr! d'un ton qui laissait croire que ça me tentait vraiment (quelle merde, oui).

Pousser Chip dans la cage de transport ne fut pas une activité reposante. Ce caisson aurait pourtant hébergé sans difficulté quatre ou cinq poulets bien compactés, mais le cabot anorexique possédait l'avantage d'une plus grande mobilité et, tout bien considéré, d'un système de défense mieux adapté à ce genre de circonstance. Il appuyait ses membres tremblotants contre l'ouverture et m'opposait une résistance névrotique. Il essayait de mordre mes mains, donnait des coups de mâchoire qui fendaient l'air autour de mes poignets. Finalement, en lui tenant la gueule d'une main et en rassemblant trois de ses pattes dans l'autre (la dernière m'ayant échappé *in extremis*), je l'ai introduit au fond de la cage et ai tout juste eu le temps d'en refermer la porte, évitant qu'il n'en rejaillisse inopinément comme d'une boîte à surprise.

Le chihuahua, sur la route, savait faire son effet. Les passants s'inclinaient à demi en s'exclamant : Ooh, la jolie frimousse ! Comment il va, le petit chien ? du même ton surarticulé qu'on emprunte quand on s'adresse à un nourrisson ou à un faible d'esprit. Je pinçais les lèvres, le cœur me battait dans les tempes et je m'esquivais en déclarant sèchement qu'on était pressés. Ce qui, d'ailleurs, était vrai : l'écran consulté quelques instants auparavant dans une cabine téléphonique indiquait quatorze heures vingt, et j'ignorais l'emplacement exact de la clinique vétérinaire. Je surveillais le nom des rues, cherchant quelque indice qui m'aurait rassuré sur la proximité du but. J'ai accéléré la cadence, voyant bien qu'on arriverait en retard, je sentais poindre en moi un début de panique qui me faisait regretter cette malheureuse promesse que je ne savais plus comment tenir. Chip bougeait comme un poids mort au bout de mon bras, se déplaçant dans la cage et heurtant les parois au gré du roulis de la marche. Puis une idée surprenante a germé dans mon esprit.

J'ai imaginé ce qui se passerait si je n'allais pas au rendez-vous fixé chez le spécialiste. Si, plutôt, je prolongeais notre promenade, trente, quarante minutes, jusqu'aux limites du comté, et que je sortais Chip de son conteneur pour l'abandonner quelque part, derrière une clôture, dans un endroit fermé d'où il ne pourrait pas s'enfuir pour me suivre. Je reviendrais sur mes pas, délesté d'un fardeau inexprimable, avec une cage vide et légère dans les mains. Oui, c'est ce que j'allais faire, c'était la solution, l'idée que j'aurais dû avoir il y a longtemps. Je maquillerais la vérité par la suite, lorsque tu rentrerais à la nuit tombante. Je te révélerais, la mine basse, que le chihuahua s'était faufilé par l'entrebâillement de la porte dès que j'avais ouvert, que je n'avais rien pu faire pour le retenir ou le ramener, qu'il avait couru, couru, et que j'avais rapidement perdu sa trace. Tu pleurerais abondamment, il faudrait te calmer, te consoler, te bercer, te dire que tout avait déjà été entrepris : les appels à la fourrière, les affiches placardées sur les poteaux du voisinage, les battues dans l'espace urbain et les fouilles minutieuses des terrains privés – tout.

Plus j'avançais sur la route, plus je repérais de lieux propices pour l'accomplissement de mon forfait. Bien entendu, j'aurais pu simplement noyer l'animal, mais vous me voyez vraiment lui plonger la tête sous l'eau jusqu'à ce qu'il cesse de remuer ? Non, c'est inhumain. Là, au moins, il aurait l'occasion d'être recueilli, de trouver une nouvelle famille qui l'aime et qui prenne soin de lui. Il aurait de la chance, c'est sûr ; je croisais les doigts pour qu'il ait de la chance. J'ai déposé mon bagage devant un jardin cerclé d'un grillage en fer, ça avait l'air gentil, puis, à mon grand étonnement, lorsque j'ai déclenché le mécanisme d'ouverture, Chip n'a pas voulu sortir. Je me suis accroupi pour l'attirer vers moi, mais il était inerte, abattu, à croire qu'il avait deviné le geste que je m'apprêtais à poser, et il me fixait de ses yeux jaunes démesurés, curieusement intelligents à cet instant charnière de sa frêle existence. Son regard me lançait un défi : Fais-le, allez, fais-le, tu ne te déferas pas de moi aussi facilement. Il a émis un sinistre «waouh» en se sentant soulevé de terre.

Le soleil perçait les immeubles et découpait des ombres rectangulaires sur l'asphalte quand j'ai repris le chemin du centre-ville. C'était l'heure où les gamins rentrent de l'école, l'heure où il fait bon traîner dans les rues animées. Les voitures roulaient à vive allure, on entendait les klaxons, le vacarme en sourdine des radios à travers la tôle. Je songeais au moment où tu me questionnerais pour savoir ce qui s'était passé, pourquoi je ne m'étais pas rendu chez le vétérinaire, comme prévu, et qu'est-ce que tout ça signifiait. La ville faisait le dos rond comme un chat tiré d'une sieste et des couleurs complexes apparaissaient sous les jeux de lumière; j'ai inspiré profondément en retenant l'air dans mes poumons, puis j'ai expiré jusqu'à ce qu'il ne reste plus rien. Je me suis dit que les occasions étaient belles, et qu'il y en aurait encore plusieurs.

Vendredi soir, soudain

Le vendredi soir, soudain, c'est plus facile de tomber amoureux. On sillonne les bars avec ce néant qui prend toute la place dans la poitrine, en quête d'une reconnaissance, d'une confirmation, d'une image de soi que le quotidien s'avère incapable de nous renvoyer. On est en manque de quelque chose – de quelque chose ou de quelqu'un –, alors on s'ouvre aux désirs d'autrui, on sort rencontrer des instincts voisins, des détresses à mettre en commun. Pour échapper à la honte et à l'inconsistance, on recherche l'envie, celle qui fera écho à la nôtre, qui s'emboîtera momentanément à nos soifs rêveuses, et ça nous donne l'impression de pouvoir combler cette carence ontologique qui nous ravage l'intérieur. Le vendredi soir, on dispose de quelques heures pour camoufler les cris qui résonnent dans les glaciers de l'isolement et transformer nos mal-être en bonheurs furieux. C'est impératif, crucial et inéluctable.

Le week-end commence. C'est la pleine lune, quelques nuages s'alanguissent autour du disque lumineux et forment une tache opalescente dans le ciel d'octobre. La nuit défile les ombres de son collier, les cernes s'aggravent sur la table sale, la bière ne dort plus. Englués d'alcool, on rivalise d'orgueil, remaniant une œuvre mille fois traînée dans la boue de nos titanesques virées, un récit qui ne s'écrira peut-être jamais, qui s'incrustera entre les lattes du plancher poisseux, débarrassé de la musique diffuse du verbe pour s'incarner dans les notes plus grossières des sensations. On transporte nos histoires, convaincus d'en maîtriser les mouvements, alors que ce sont elles qui nous façonnent, depuis le tout début, à travers la somme de nos erreurs.

On vit dans le danger permanent de nos réinventions, on habite l'inconstruit, l'espace vierge de l'expérience renouvelée. On apprivoise l'altitude, l'extravagance des paroxysmes, on connaît tous les moyens de s'envoyer en l'air, des listes complètes d'orgasmes en poudre, en buvards, en bonbons multicolores ; mais un jour on se lève, les méninges en compote, et on constate que derrière cet acharnement à jouir, il n'y a que du vide. Du plaisir, des tas de plaisir, tous plus percutants les uns que les autres, mais toujours circonscrits, limités, rien qui n'échappe à cette tour circulaire des voluptés périssables et instantanées. On a compris depuis longtemps que les absolus n'existent pas et que les idéaux sont une source de tristesse et de désillusion : allez savoir pourquoi, on s'y jette quand même avec ardeur – une ardeur désespérée, pathétique, violente –, et l'amertume qui nous recueille à la fin n'en est que plus grande, plus riche. Au bout de l'excès, on redécouvre la solitude, ample et déserte, outrageusement dévoilée, une solitude qui n'a pas d'équivalent, qu'on n'a jamais fini de parcourir en hurlant comme un possédé.

Les rituels qui ponctuent nos soirées rejoignent en définitive les légendes, rattrapant nos mythologies personnelles, inévitablement, dans la masse des souvenirs où les histoires se puisent, s'épuisent. Le reste n'est qu'une vaine poursuite du point de désarticulation. Je ne sais pas si nous sommes fous, ou si nous sommes simplement à la recherche d'une beauté qui n'existe que dans la mouvance de sa quête, irrésistiblement tendue vers sa propre impossibilité d'être.

La nuit avancera, remplacée par une aube au sein de laquelle on s'endormira certainement tout habillé, incapable de se remémorer par la suite comment on aura regagné l'appartement. À pied, en bus, en taxi, avec les flics ou en déboulant l'escalier du Faubourg : aucun moyen de vérifier. On se réveillera beaucoup plus tard dans la journée, avec un numéro de téléphone illisible sur l'avant-bras et un mal de crâne qui passera à grand renfort d'aspirines. Avec cette fille, peut-être ; cette fille qu'on... qui nous... qui se... Avec cette fille inconsciente étendue sur le carrelage de la salle de bains. On voudra lui remonter le bas des pantalons et caresser un instant le fin duvet qui lui recouvre les mollets – ils auront quelque chose de touchant, ces mollets –, on voudra se dissoudre auprès d'elle dans le renoncement délicieux de l'inexistence. Mais on se contentera de tirer doucement du sommeil la belle inconnue pour lui dire de rentrer chez elle. On demeurera longtemps en admiration devant la minuscule flaque de salive laissée par terre, à l'endroit où sa bouche embrassait la céramique. Puis on se mordra les joues – jusqu'au sang –, pour éviter la crise de nerfs.

* * *

Mireille, quand je l'ai rencontrée vendredi soir, souffrait d'une extinction de voix. De celles qui vous prennent le matin d'une présentation orale et qui vous font regretter les vingt-cinq clopes fumées la veille. Une extinction en bonne et due forme, avec la voix éraillée poussée à l'extrême limite de ses capacités, avec les cordes vocales qui n'en peuvent plus de vibrer et le rire léger, un simple filet, qui s'échappe en notes aiguës dans l'atmosphère saturée d'un bar du centre-ville. On a beau dire ce qu'on voudra, ça lui faisait une voix très sexy, une voix de ligne érotique. Toute la soirée, d'ailleurs, j'ai insisté pour qu'elle me susurre quelques mots de son cru à l'oreille, histoire d'établir si ma comparaison tenait la route. Mireille secouait la tête en disant non, riait, et je voyais distinctement les cascades qu'elle faisait naître autour d'elle, dans le lit des haut-parleurs.

La musique nous plaisait, alors on a dansé. On a fait connaissance comme ça, sur le rythme, soumis au mouvement et à l'énergie de la sensualité pure, dépensant avec une allégresse lascive toute la sueur tribale de nos chairs civilisées. J'ai pensé : la danse, c'est la reconstruction gestuelle de soi, une sorte de transe, un plaisir animal, physique, un enracinement féroce dans le présent. On s'est déhanchés pendant des heures, sans se rendre compte du temps qui s'était liquéfié dans notre espace, tout bonnement hallucinés par la perfection de nos corps en symbiose.

La dernière chanson a été annoncée. J'ai regardé Mireille. J'aurais bien voulu passer la nuit près d'elle, pas trop saoul mais juste un peu, question d'avoir quelque chose à dire en montant les escaliers sous sa jupe. Question de savoir comment compléter mes phrases quand ses allusions n'auraient plus laissé aucun doute sur le dénouement de la soirée, et de ne pas perdre la raison quand ses vêtements auraient glissé au sol.

Je lui ai dit qu'aimer était un art perdu, un art baroque, invraisemblable et magnifique. Elle tenait sa bière d'une main en pianotant mécaniquement des doigts contre le zinc. On avait chaud, on terminait nos verres. Elle m'a rétorqué de sa voix cassée que ça n'avait pas d'importance, qu'il y aurait toujours des motifs pour la souffrance et qu'à la fin on serait amoureux de celui ou celle qu'on n'aurait pas su quitter. Elle m'a dit que les femmes cherchaient leur place au cœur des hommes, et que les hommes cherchaient leur âme au cœur des femmes, ajoutant que les seules justices après l'amour étaient le hasard et l'errance. C'était sorti d'elle d'un seul trait, trahissant une incertitude qui m'attirait terriblement. J'ai payé les consommations, on est allés pisser avant de partir et on a quitté l'endroit en saluant le barman.

Sur le chemin du retour, dans le dernier métrobus, alors que je lui réitérais ma proposition de ligne érotique pour la douzième fois, Mireille m'a regardé un long moment sans rien dire, avant de me répondre en chuchotant : Les mots attendront demain matin, cette nuit j'ai d'abord envie de les vivre.

Moi j'avais la chienne

L'aube présentait ce matin-là toutes les qualités d'une fin du monde. La pluie s'écrasait mollement sur l'asphalte, la foudre au loin tombait de fatigue et tu avais les poings fermés. Je me plaisais à croire que les inconnus ne s'éveilleraient pas avant longtemps. Le jour tardait à venir et je me préparais du café sans déranger le silence.

Puis il y a eu ce cri. Ce hurlement informe qui a fait sursauter les murs de l'appartement. Je suis venu m'asseoir à tes côtés, j'ai posé ma main sur ton front et tu étais brûlante, et je t'ai demandé ce qui n'allait pas. La moiteur du sommeil sentait bon sur ton corps, mais j'ai gardé ça pour moi, j'attendais que tu parles. La frayeur dans les yeux, avec une voix sourde, tu m'as glissé à l'oreille qu'il y avait un monstre sous le lit. C'était à moitié une connerie, bien sûr, mais c'était un de nos jeux à nous.

Là, je me penchais pour regarder sous le sommier et évidemment je ne voyais rien. Alors je me relevais avec un air catastrophé : Ça y est, cette fois c'est vrai, il y en a un ! Et je bondissais te rejoindre sur le lit en ramenant précipitamment les couvertures qui traînaient à la portée du monstre.

J'entreprenais alors une description détaillée de la bête, en y mettant toutes les horreurs dont j'étais capable. Je lui inventais des victimes, tout un passé sanglant, des histoires à dormir debout ; je racontais comment elle nous dévorerait si on se risquait à mettre un pied par terre, sa lourde respiration d'orignal en rut, son trépignement vorace et ses coups de tête impatients sous le matelas. Tu ravalais un hoquet. Moi j'avais la chienne, presque réellement.

On n'osait plus quitter le lit, notre bateau, on naviguait en plein cauchemar. On s'imaginait en train de combattre le monstre, l'assommant de notre mieux avec ce qui nous tombait sous la main : chaussures, vieux bouquins, bouteilles vides, cendrier, téléphone. Aussi inégale que soit la lutte, notre fougue l'emporterait sur la férocité barbare de la créature. Car les bons gagnent toujours, c'est connu. Surtout contre les monstres. Et ça faisait du bien de se le répéter, comme si l'univers possédait une logique. On s'y raccrochait.

LE BAS DES CARTES ROUTIÈRES

POUR TOUTES LES FOIS où j'ai pensé me faire hara-kiri sur la table de la cuisine pendant que tu étais sortie acheter du lait au dépanneur. Pour ta surprise, ton émoi, tes cris et ton désarroi. Pour tous les rôles qui ne m'allaient pas, que j'ai joués devant des gens qui ne le méritaient pas. Pour tous les textes où j'ai tenté de m'enlever de façon claire, immédiate et définitive la moindre crédibilité. J'aimerais maintenant que ça ne fasse plus aucun doute, afin qu'on puisse désormais, peut-être, passer outre et poursuivre le travail. Pour tous les jours où ça n'avait plus de sens, où j'aurais rougi d'avoir à me justifier, pour tous les détails importants qu'on a oublié de me dire, pour tous ceux que je n'ai pas compris. Pour toutes les peurs que je ne saurais plus compter, à moins qu'il n'y en ait qu'une, une seule, une grande.

Pour toutes les fois où j'ai rêvé qu'on allait se faire une banque, toi et moi, qu'on tirait par accident dans le pied du gardien de sécurité, la panique, les hurlements, et qu'on s'enfuyait avec des valises pleines de billets sur la banquette arrière. L'adrénaline, la nervosité, la clé dans le contact, l'accélérateur écrasé et les pneus qui crissent. Un mot qu'on répète : Allez Allez Allez ; puis la route, les lignes jaunes et l'asphalte. Longtemps, la vitesse, le sud, rouler vers le sud, toute la soirée et toute la nuit, parce qu'il le faut. Ne pas avoir de plan, s'arrêter au matin dans un Bed & Breakfast de l'Ohio, manger, dormir un peu, s'engueuler puis repartir. Rouler vers la frontière, vers le bas des cartes routières, vers la fin du monde. Parce que après les frontières on s'imagine que ça recommence.

Pour tous les matins où tu t'éveilles avant moi en éprouvant un certain mépris, sans vraiment parvenir à en déchiffrer les motifs. Pour tous ces propos que tu m'assènes et auxquels, à la longue, je finis par m'identifier : que j'ai peur d'être moi-même, que je vis tout le temps à travers les autres et que je suis parfaitement dénué d'ambition. Que je suis trop seul, trop saoul, trop pauvre, que je manque de virilité et que je fais rire les filles en croyant les séduire. Pour ce doute à l'orée des plus fortes convictions, cette fragilité à l'autre bout de soi, cette lumière qui, au lieu de dessiner le contour net des choses, révèle un monde désespérément flou.

Pour tous les silences qui traînent au déjeuner, légers comme l'odeur du pain grillé, qui s'accrochent aux volutes du café, qu'on chasse de l'index et qui reviennent au fond des céréales. Pour tous ces silences où je n'ai pas su nommer les couleurs qui ombraient tes regards, où je n'ai pas vu que derrière les Grands Lacs de tes yeux il y avait des océans. Pour tous nos fantômes écorchés aux barbelés des ans, pour tout le sang que personne n'a bu, ne boira. Pour tout ça.

Même si tu ne sais plus pourquoi on boit autant et que ça creuse des trous dans ta conscience, ne dis rien, surtout ne dis rien. Même si parfois ça te remonte dans la gorge et que tu m'avoues maladroitement que si tu restes, c'est un peu pour tout ça, ne me dis pas qu'il y a un avenir à notre présent. J'essaie d'oublier qu'on existe, qu'il y a peut-être une vérité, que la fin du monde n'est pas forcément demain et que ce qu'on trouve de mieux à faire, les trois quarts du temps, c'est d'aller courir comme des idiots sous les orages déchaînés. J'essaie simplement d'oublier qu'il y a des gens sur cette planète, et qu'on en fait partie.

Recours au cri

JE CAMPAIS DANS LA COUR SOUS TA FENÊTRE et je ne savais plus hurler. Autour de moi, le monde s'était tu, tout semblait muet, pétrifié – ou bien j'étais devenu sourd, je ne savais plus. Un hurlement, même si c'est de douleur, au moins ça prouve qu'on est encore en vie : on se défend, il nous reste la lutte, cette énergie vitale qui précède les miracles. J'ouvrais la bouche en bougeant les lèvres, j'ouvrais la bouche mais les sons ne montaient pas : j'avais dépassé le stade de la résistance. Il ne me restait plus que l'écume au bord du silence, large comme un précipice.

À force d'agir en personne bien élevée, on oublie comment accomplir ces choses-là, comment avoir recours au cri, on en repousse la connaissance dans les replis de l'instinct et on les refoule, tout en bas, sous les strates de l'habitude et de la socialisation. Pourtant, c'est dans l'acte de crier que l'on retrouve le noyau des sensations, que l'on prend pleinement conscience de soi et que l'on apprivoise l'incertitude. À travers cet acte, si j'ose dire : on pleure moins, on meurt mieux.

J'avais laissé ma guitare, mon assurance et mes discours à l'autre bout de la ville. Je traînais ma souffrance derrière moi, au bout d'une laisse, tel un cabot inquiet. Il y avait de la lumière à ta fenêtre : j'espérais que tu apparaisses et que tu m'aperçoives, que tu soulèves ta camisole et me dévoiles tes seins. J'espérais un sourire, un mouvement, je m'accrochais à mon portable et je souhaitais qu'il se remplisse de toi, de ta sonnerie. Je m'interrogeais sur l'essence du pardon, sur ce qui fait qu'on l'accorde ou non, sur ce qu'il faut de chance et de manipulation pour l'obtenir parfois. Je me demandais ce que je fabriquais sous ta fenêtre, il faisait nuit et un vent tiède s'était levé.

J'avais besoin de faire le point, de prendre du recul, besoin de me fendre le crâne contre le comptoir de ta cuisine pendant que tu pleurais toutes les larmes de ton corps, de te dire que rien n'était grave, que tout restait à faire. J'avais besoin d'une action à laquelle l'existence ne suffisait plus, besoin de partir en train vers des extrémités de moi que je n'atteindrais jamais – et c'était grâce à toi, grâce à toi, oui, si je pouvais ressentir tout ça, s'il y avait cet écart entre ce dont j'aurais pu me satisfaire et tous ces territoires infranchis. En te quittant, je quittais les repères qui rendaient ma quête cohérente, je perdais les bornes qui donnaient du sens à mes volontés. Autrement dit : sans toi pour me répéter que je délirais, je redoutais de sombrer définitivement dans la folie.

Peut-être qu'il n'y avait plus personne pour répondre aux gens comme moi, sous les fenêtres, pas même une pauvre fille pourrie dans ton genre. Peut-être que c'était le désert, dans le coin, et que je me réveillerais complètement déshydraté, le soleil plombant sur mes cheveux hirsutes. Auquel cas ceci aurait été effectué pour rien, voilà. Peut-être que je crèverais là, haletant, les paupières brûlées, vomissant le temps qui passe, à attendre vainement un signe de la main.

Je perdais la vie sous ta lucarne, la mémoire s'étendait sur la plaine bétonnée et je contemplais le déluge. Ça faisait une grande mare sur laquelle je dérivais, et je m'éloignais du monde, tranquillement. À cet instant, les lumières chez toi se sont éteintes, renvoyant à l'obscurité le rectangle de ta fenêtre. Je ne croyais plus savoir hurler, mais j'ai entendu ma voix, loin, si loin, comparée à celle que je perçois avec mes contours habituels. Elle émergeait lentement des profondeurs, terrible, prête à tout pour percer la frontière du dehors et exploser dans l'air. Mais à vrai dire j'étais ailleurs, quelque part dans l'affolement des ombres à l'intérieur, dégustant ce moment où j'éjaculais le monde à tue-tête.

Je suis rentré chez moi, j'ai bu un verre d'eau, je me suis dévêtu et j'ai pris ma douche. J'aurais voulu savoir comment on fait pour continuer sans cet espoir absurde qui illusionne tout ce qu'on vit, j'aurais voulu savoir ce qui arriverait après. Et cette nuit, qui prendrait la place entre mes bras pour me consoler d'être inconsolable?

Les façades de l'intime

Au bout d'un an, fatalement, arrive le point de rupture. Et puis tout casse, c'est cyclique. Après cinquante-deux semaines à tourner les mêmes galettes, il faut toujours que je foute une bombe dans mon quotidien, il faut que je me coince la main dans l'engrenage de mes routines : alors seulement je peux crier un bon coup, laisser s'ouvrir la chair pour que sortent les fleurs rouges, verser quelques litres de mémoire au sol et passer une nouvelle année à raccommoder les fissures. Car il y a ce vide à éviter, ce vide vers lequel on va, celui avec lequel on valse mais qui nous pourrit la conscience si on s'arrête trop longtemps, celui au fond duquel on n'aperçoit plus les brèches, ces brèches qui grandissent sous le vernis de nos légèretés. Il y a ce vide qui nous tient l'âme par les couilles et qui resserre l'étau au fil des inquiétudes, jusqu'à l'éclatement. Il y a cet espoir de te voir partir, pour tout recommencer et pouvoir à nouveau désespérer, pour la beauté, peut-être, de ne plus savoir quoi faire ensuite – pour le désarroi qui est un sentiment trop rare. Il y a cet espoir de tout perdre et de s'installer dans l'urgence de l'incontrôlable.

Il y a un certain plaisir à se faire casser la gueule au-delà de deux heures du matin, un plaisir à sentir le sang couler sur ses lèvres, âpre et chaud, étrangement rassurant avec son goût d'enfance. À savoir que personne n'interviendra avant la fin de la chorégraphie, à fermer les yeux et à recevoir le prochain coup dans un mouvement ralenti par l'appréhension. Il y a un certain plaisir à s'abandonner à la violence des défoulements de l'humain, un plaisir qu'on garde à l'écart, presque honteusement, enfoui tout au creux des énigmes qu'on n'a pas voulu s'expliquer, un plaisir qu'il est malaisé de partager, au risque de passer pour un fou et de laisser une inavouable réputation grandir en marge de soi. Il y a un besoin de se faire tabasser, un besoin d'être secoué jusque dans les fibres pour sortir un instant de sa peau, comme si le choc sourd des poings sur le visage avait la capacité de réveiller quelque rage de vivre à l'intérieur, une rage qui appartiendrait à quelqu'un d'autre que soi. Mais ce n'est pas vraiment ça.

Au bout d'un an, on essaie de retrouver la paroi, la membrane qui sépare le dedans du dehors, on se rapproche, en tâtonnant, des façades de l'intime, parcourant cette solitude qui nous fait croire à une réalité. On reprend l'habitude du glissement, déjà autre, mais pas encore ailleurs que soi : toujours sur cette ligne sans définition, celle entre les genres, entre les gens.

J'ai cherché les rayons de soleil sur le plancher mais ils sont partis. J'ai eu beau en chercher les traces un peu partout, je n'ai rien trouvé, je n'ai rien vu, rien senti. Le parquet est froid, sans chaleur d'astre ; je crois qu'il fait nuit et ça fait longtemps, trop longtemps que ça dure. La même nuit où je me promène avec un changement au fond des poches, et ma main dessus, comme pour m'assurer qu'il est bien là, le changement, prêt à être dégainé à n'importe quel moment, et je me sens bien comme ça : en sécurité devant l'intrus que je représente pour moi-même. Libéré de la constance d'être unique, libéré de la tentation d'être soi dans l'éternité. Je veux respirer l'air du fleuve, qu'il s'engouffre avec force dans mes cheveux en bataille, je veux me confondre au long fshhhshh de la mer qui n'en finit plus de s'achever contre le quai du Vieux-Port. La lettre f suivie d'un puissant chuchotement qui roule en trémolos, comme si l'existence me livrait ses secrets dans ce murmure venu de l'océan. Mais ce n'est pas vraiment ça.

TABLE

Les auteurs publiés dans la collection